Mords-Bescherung 2

Handlungen und Personen in diesem Buch sind frei erfunden. Ähnlichkeiten mit lebenden oder toten Personen sind nicht gewollt und rein zufällig.

ERICH WEIDINGER / JEFF MAXIAN (HG.)

Mords-Bescherung 2

WEIHNACHTSKRIMIS AUS DEN ALPEN

Mit Beiträgen von

Lena Avanzini, Petra Busch, Herbert Dutzler,
Elisabeth Florin, Nicola Förg, René Freund, Michael Gerwien,
Veronika A. Grager, Harry Kämmerer, Manfred Koch,
Tatjana Kruse, Sabine Lennkh, Sunil Mann, Beate Maxian,
Jeff Maxian, Jutta Mehler, Harald Mini, Elke Pistor,
Robert Preis, Volker Raus, Sophia Scheer, Ernst Schmid,
Jutta Siorpaes, Erich Weidinger

emons:

Bibliografische Information der Deutschen Nationalbibliothek
Die Deutsche Nationalbibliothek verzeichnet diese Publikation
in der Deutschen Nationalbibliografie; detaillierte bibliografische
Daten sind im Internet über http://dnb.d-nb.de abrufbar.

© Emons Verlag GmbH
Alle Rechte vorbehalten
Umschlagmotiv: iStockphoto.com/Stacy Newman
Umschlaggestaltung: Tobias Doetsch
Gestaltung Innenteil: César Satz & Grafik GmbH, Köln
Lektorat: Susanne Bartel
Druck und Bindung: CPI – Clausen & Bosse, Leck
Printed in Germany 2014
ISBN 978-3-95451-399-4
Originalausgabe

Unser Newsletter informiert Sie
regelmäßig über Neues von emons:
Kostenlos bestellen unter
www.emons-verlag.de

Inhalt

9
Petra Busch
Die Katze im Sack

19
René Freund
Ein merkwürdiges Geschenk

25
Nicola Förg
From Heinzi with love

35
Manfred Koch
Rufmord

36
Harry Kämmerer
Last Christmas

46
Beate Maxian
Die Weihnachtskrippe

55
Erich Weidinger
Fröhliche Weihnachtsrast

66
Jutta Mehler
Advent, Advent

76
Robert Preis
Das Geschenk

83
Sabine Lennkh
**Salzkammergut-Optik oder:
Der Weihnachtsbaum im Garten**

92
Jeff Maxian
Letzte Worte für Rudi

100
Michael Gerwien
Weihnachtsessen mit Folgen

102
Tatjana Kruse
Gefüllte Gans

105
Manfred Koch
Drei Tote im Stall – Commissario Lucas Evangelistas letzter Fall

108
Elisabeth Florin
Wie treu sind deine Blätter – ein Meraner Weihnachtsmord

120
Volker Raus
СРОЖДЕСТВОМ!

133
Lena Avanzini
Hausfrauenroman mit Punsch

138
Michael Gerwien
Gesegnetes Fest

145
Veronika A. Grager
Burschi

155
Elke Pistor
Pilze aus des Waldes Dunkel

156
Ernst Schmid
Endlich Weihnachten

165
Sophia Scheer
Alles hat ein Ende, nur die Wurst hat drei

171
Herbert Dutzler
Frozen Joseph oder: Collateral Damage

182
Jutta Siorpaes
Kitzbüheler Weihnachtspunsch

191
Harald Mini
Der Tag, an dem der Weihnachtsmann ermordet wurde – Teil 2

195
Sunil Mann
Vom Himmel hoch

202
Elke Pistor
Joshua

Petra Busch

Die Katze im Sack

»Miststück«, zischt es durch den Türspalt.

Ich muss mich beherrschen, um nicht über den kalten Steinboden zu springen und Krallen und Zähne in die fetten Waden von Frau Lüders zu schlagen. Instinkt gegen Vernunft. Offener Krieg gegen die friedvolle Einsicht, dass der Geschmack hautfarbener Nylons und ausgetretener Synthetikpantoffeln meine sensiblen Geschmacksnerven zutiefst beleidigen würde. Ich bin schließlich eine anständige Katze. *Miststück!* Die Lüders muss den Finger immer in meine Wunde legen. Seit dreizehn Jahren schon. Dabei übertrifft der Gestank aus ihrer Wohnung den Misthaufen, auf den mich der Bauer damals samt meinen vier Geschwistern geworfen hat, um ein Vielfaches. In einen Sack hatte er uns gesteckt, ihn zugeschnürt und sicherheitshalber noch frische Gülle darübergeschüttet.

Ich stolziere mit hocherhobenem Haupt und senkrecht aufgestelltem Schwanz extra nahe an der Lüders vorbei. Sie fasst sich theatralisch ans Herz und stöhnt, ich drücke mich durch die scheppernde Katzenklappe und eile direkt in die Küche über die weißen kühlen Fliesen, wo meine Fressnäpfe stehen. Leer! Wie die gesamte Wohnung. Vermutlich macht Paul noch Weihnachtseinkäufe. Ich trolle mich ins Schlafzimmer und springe auf sein Bett.

Paul, mit dem ich im fünften Stock eines Zwölffamilienhauses lebe, Wohnungstür an Wohnungstür mit der Lüders, hat der Alten das mit dem Sack auf dem Misthaufen irgendwann erzählt, stolz auf sein großes Herz und seinen Mut, uns ausgebuddelt zu haben, während der Bauer mit der Mistgabel herumgefuchtelt und getobt hat. Seither sagt die Lüders Miststück zu mir. Und ständig flüstert sie Paul zu: »Sie haben sich die Katze im Sack ins Haus geholt, Herr Friedmann. Das wird noch böse enden, ganz böse, dieser schwarze Teufel wird uns noch alle umbringen.« Dabei rümpft sie die Nase und kaut. Die Lüders ist nonstop am Fressen. Man sieht es nicht nur an ihrem dauermahlenden Kiefer.

Nach fünf Minuten habe ich mir die Mulde auf Pauls Kopfkissen zurechtgetrampelt. Ich rolle mich ein und warte. Pauls Bett ist riesig, aber es liegen nur eine Decke und ein Kissen darauf. Das ist auch gut so, denn so kann ich mich in ganzer Länge Abend für Abend an seinen Bauch kuscheln. Niemand stört unsere traute Zweisamkeit.

Nur in wenigen Nächten hatte Paul Besuch – aber die zählen nicht. Sobald sich eine andere Dame als ich zwischen Pauls Laken rekelte, habe ich kurzerhand in ihre Pumps und den Slip gepisst. Einmal lag ein dunkelroter Spitzen-BH neben dem Bett, ui, ui, ui, das Gekreische am Morgen war einmalig. Nach diesen versehentlichen Malheuren, wie Paul den Damen stets erklärte, hatte ich ihn jedes Mal wieder für mich. Nicht, dass ich wirklich böse bin, wie die Lüders behauptet. Im Gegenteil. Ich schade niemandem. Aber alles hat seine Grenzen. Und Paul gehört nun mal mir.

Blöd nur, dass die Lüders offenbar denselben Anspruch erhebt. Natürlich will sie nicht in seinem Bett schlafen. Bastet, die Katzengöttin, bewahre! Aber sie krallt ihn sich zunehmend für irgendwelche Hilfsarbeiten. Glühbirnen wechseln, den Toaster reparieren, die Gardinenstange neu andübeln. Außerdem ködert sie meinen Paul mit dunklem Orangen-Schokolade-Kuchen. Den mag Paul ganz besonders, und das nutzt die Lüders schamlos aus. Vor allem jetzt, in der Adventszeit. Und Paul – gutmütig, wie er ist – erledigt alles brav. Bleibt dabei freundlich und sorgt sich sogar um sie. Typisch Sozialarbeiter. Als hätte er im Job nicht schon genügend verkrachte Existenzen und Bekloppte um sich. Braucht er auch noch die Lüders? Sie sei eine alte Frau, sagt Paul immer, einsam. Sie brauche jemanden zum Reden. Also sitzt er viel zu oft und viel zu lang bei ihr drüben. Zu Ostern hat er ihr ein Nest mit einem Nougathasen, bunten Eiern und gefüllten Schokoladenkäfern geschenkt, und im Sommer ist er mal mit einer Flasche Sekt rübergegangen, weil sie da nach einem Herzinfarkt endlich wieder nach Hause gekommen war. Herzinfarkt! Dass ich nicht lache! In Wahrheit war die doch im Urlaub, die Ratte. Auf Malle oder in der DomRep oder in sonst einem Rentnerparadies. Hat ihr Fett in der Sonne gebrutzelt und ihre welken Hängefalten zur Schau gestellt. Braun gebrannt war sie im Sommer, ich hab es genau gesehen! Und ihre Wäsche unten im Waschkeller, die hat nach Salz und Meer und Muscheln gerochen. Fast wär mir ein Malheur passiert, als ich das Zeug beschnuppert hab, aber ich wollte Paul nicht in Schwierigkeiten bringen. »Sie ist eine einsame, alte Frau«, sagt er jedes Mal, wenn er von ihr kommt und ich ihn dann mit meinen großen grünen Augen und leicht schief gelegtem Köpfchen anschaue. Wenn Paul sie in Schutz nimmt, schnurre ich einfach und reibe mein greises Haupt an seiner Cordhose. Ich will keinen Streit. Ich bin schließlich auch eine alte Frau! Fast schon siebzig Jahre alt, wenn man meine dreizehn Lenze ins Menschenalter umrechnet.

Vor dem Haus verstummt der Motor eines alten Golfs. Sofort springe ich auf den Fenstersims und blicke in die Dämmerung auf die verschneite Straße hinunter. Paul schiebt sich gemächlich aus dem Auto. Ein paar Meter entfernt, an der Kreuzung, steht eine große beleuchtete Tanne. Wir haben nie einen Weihnachtsbaum. Paul ist der Ansicht, ich würde ihn samt Kerzen, Kugeln und Lametta in Einzelteile zerlegen. Wo er recht hat ... Paul ist neununddreißig, dicklich und unscheinbar, alles andere als fit, und die meisten schätzen ihn auf fast fünfzig. Die Frauen nehmen ihn normalerweise gar nicht wahr. Ich dagegen finde seinen Bauch ziemlich gut. Und die Halbglatze, die jetzt, als er die Straße überquert, im Licht der Christbaumbeleuchtung schimmert, auch. So habe ich ihn ganz für mich, abgesehen von diesen schon erwähnten One-Night-Ausnahmen. Ich liebe Paul so, wie er ist.

Aus dem Flur dringt das bekannte leise *Klack*: Die Lüders hat ihre Wohnungstür einen Spalt geöffnet. Wahrscheinlich hat sie schon seit Stunden durch den Vorhang auf die Straße geschielt und dabei drei Stücke Sahnetorte verdrückt. Was wird sie heute auf Lager haben? Eine klemmende Küchenschublade? Einen wackligen Stuhl, der ihr Leben gefährdet? Likörchen und Orangen-Schokolade-Kuchen stehen sicher schon auf dem Wohnzimmertisch bereit.

Unten fällt die Haustür ins Schloss, ich flitze durch den Flur und lausche hinter der Katzenklappe Pauls schweren Schritten. Als sie lauter werden, schiebe ich vorsichtig die Schnauze durch die Klappe, und schon passiert es: Die Lüders reißt die Wohnungstür weit auf. »Herr Friiiedmann, wie schööön, Sie zu sehen«, flötet sie kauend, obwohl von Paul noch gar nichts zu sehen ist, und gleichzeitig strömt eine Mischung aus Schweiß, Ammoniak und ranzigem Fett ins Treppenhaus. Hoffentlich lässt sie die Füße in den Pantoffeln stecken. Den Gestank von dem, was die Bakterien in diesen luftdichten Plastikdingern alles anrichten, will ich nicht auch noch ertragen müssen.

»Miststück«, zischt die Lüders und schielt kurz zu mir herüber.

Ich ziehe meinen Kopf etwas zurück, und Pauls Glatze erscheint auf dem vorletzten Treppenabsatz. Die Lüders strahlt wie auf Knopfdruck, als er endlich vor ihr steht, und ihre Pausbacken mit den vielen violetten Äderchen werden rund wie Christbaumkugeln. Aus meiner Perspektive sieht sie noch viel unvorteilhafter aus.

»Was für ein Zufall, Herr Friedmann«, sie macht eine einladende Geste in Richtung des grünen Plüschsofas, dessen Ecke ich sehen kann, »gerade vorhin habe ich Ihren Lieblingskuchen gebacken.« Sie beugt sich vertraulich zu ihm und zwinkert. »Es ist doch Adventszeit.«

Paul blickt zu mir. »Ach, Frau Lüders, das ist wirklich ganz reizend, aber leider —«

»Nur zwei Minuten, mein Lieber. Bitte!« Mit einer pathetischen Geste und schmerzverzerrtem Gesicht fasst sie sich an die wogende Brust. »Ich kann heute sowieso nur ein Momentchen, wissen Sie, aber die Vorweihnachtszeit und die Einsamkeit, die machen mir schwer zu schaffen.«

Meine Krallen zucken. Falsches, stinkendes Ungetüm.

»Mein Herz, Sie wissen doch ...« Ihre Stimme wird weinerlich und der Gestank intensiver. »Und bitte, halten Sie dieses«, sie deutet mit dem Kinn zu mir, »Tier von mir fern. Das wird noch böse enden, ganz böse.«

»Also gut, zwei Minuten«, sagt Paul und stellt eine große Tüte direkt vor die Katzenklappe. Ich kann nichts mehr sehen. Aber ich rieche das Rinderhack. »Mathilda tut Ihnen nichts, Sie kennen sie doch, sie ist eine ganz liebe Katze«, höre ich Paul sagen. »Sie hat halt auch Hunger.« Mein Magen knurrt, ich höre noch Lüders' hämisches »Dieses Viech da im Sack wird schon nicht verhungern, aber *Sie*,

Herr Friedemann ...«, dann fällt ihre Wohnungstür leise ins Schloss. Ihr triumphierendes Grinsen kann ich fast vor mir sehen.

Über eine Stunde später kommt Paul nach Hause. Er riecht nach Ammoniak, Schweiß und Aprikosenlikör. Seine Wangen sind gerötet. Ich drehe ihm den Hintern zu.

»Komm, Mathilda, komm her, mein Schatz.«

Schatz! Pah! Ich krieche unters Bett. Soll er sein Hack doch allein fressen oder es der Lüders in ihren gierigen Schlund stopfen.

Paul kommt mir nach. Seine riesigen Füße in den riesigen dunklen Stiefeln stehen vor mir. Den Schnee und Straßenschmutz hat er zum Glück schon auf Lüders' Teppich verteilt.

»Mathilda, hast du keinen Hunger?«

Ich rühre mich nicht.

Ächzend kniet Paul sich neben das Bett. Sein Gesicht erscheint verkehrt herum vor mir, und die runde Brille rutscht auf seine Stirn. Es sieht bescheuert aus. »Komm, Schatz. Ich hab dir auch Rinderhack mitgebracht.« Seine Hand kommt unter dem Bett auf mich zu, ertastet meine Vorderpfoten und streichelt sanft darüber. Ich lasse ihn zappeln. »Übermorgen hat die Lüders Geburtstag. Hast du das gewusst? An Nikolaus. Sie wird siebzig.«

Ich ahne nichts Gutes. Komme ein Stück unterm Bett hervor und mustere Paul. Unter seinen Bartstoppeln zeichnet sich blasse Haut ab. Er wirkt müde. Na gut. Ich komme vollends heraus, er nimmt mich auf den Arm, und ich spüre sein Gesicht in meinem Fell. Ich schnurre.

»Ich hab dich so lieb«, murmelt er, füllt meinen Napf mit Hackfleisch, und ich schlage meine zwei verbliebenen Eckzähne in die verführerische Masse. Es schmeckt köstlich, und ich schmatze genüsslich, während Paul fortfährt: »Ich hab dich wirklich lieb, auch wenn Ludmilla es einfach nicht lassen kann, dich als böse zu bezeichnen. Nur weil du im Sack auf dem Mist lagst.«

Ich verschlucke mich. *Ludmilla?* Ist Paul mit diesem Monster jetzt schon per Du?

»Ich werde Ludmilla übermorgen besuchen. Sie soll nicht allein feiern müssen, wo sie es doch so mit dem Herzen hat.« Er setzt einen Topf auf den Herd, nimmt Spaghetti aus dem Regal und Basilikum-Pesto aus dem Kühlschrank. »Ich hab auch schon eine tolle Geschenkidee.«

Ich lasse das Hackfleisch stehen, verlasse die Küche und krieche ins hinterste Eck unter die Kommode mit Pauls Unterwäsche. Dunkel und staubig ist es dort. Aber immer noch besser, hier auszuharren als neben einem Menschen, den man bedingungslos liebt, der seine Zeit aber lieber einer anderen schenkt. Dabei ist die Lüders nicht einmal jünger als ich! Menschen sind wirklich komisch. Ich lausche dem Klappern der Töpfe, des Geschirrs und Bestecks. Der Korken einer Weinflasche ploppt. Bordeaux wahrscheinlich. Den trinkt er immer zu grünem Pesto. Paul summt vor sich hin. In dem Moment hasse ich ihn.

Am nächsten Abend kommt Paul früher nach Hause, streift die Stiefel im Flur ab und geht – ohne meine Näpfe in der Küche zu füllen – in seinen blauen Wollsocken direkt an mir vorbei ins Schlafzimmer. Kurz danach baut er sich in einem knallroten Nikolauskostüm vor mir auf. Der weiße Bart reicht ihm bis über den Bauch, und von seinem Gesicht ist nur noch die Brille zu sehen. In einer Hand hält er eine große schwarze Plüschkatze, in der anderen einen Jutesack.

»Für Ludmilla. Eine Katze im Sack.« Er lacht.

Ich starre das hässliche Plüschding mit den hervorstehenden Glasaugen an. Monster zu Monster, denke ich und hasse Paul noch mehr.

»Wie findest du das, Mathilda? Lustig, nicht wahr?« Paul steckt die Katze in den Sack und tut noch Pralinen und eine Flasche Likör dazu. »Humor plus etwas fürs leibliche Wohl.«

Mein Fell sträubt sich.

In der Nacht liege ich wach am Fußende von Pauls Bett. An seinen Bauch mag ich mich nicht kuscheln. Er hat nichts zwecks Versöhnung unternommen. Mich nicht ausgiebig gestreichelt, mir kein Leckerli angeboten, mich nicht auf den Arm genommen, nicht leise mit mir gesprochen. Jetzt liegt er da auf dem Rücken, sein Bauch hebt und senkt sich gleichmäßig, und sein Schnarchen scheint mir heute noch lauter als sonst. Er hat zu viel getrunken. Wie gestern schon. Wahrscheinlich fühlt er sich in der Weihnachtszeit auch einsam. Dabei hat er doch mich! Aber mich nimmt er ja gar nicht mehr wahr. Traurig rolle ich mich rechts herum ein, doch ich finde keine Ruhe.

Was, wenn die Lüders ihn sich vollends schnappt? Wenn sie mich weiter schlechtmacht und Paul auf ihre Seite zieht? Ich rolle mich links herum ein. Meine Gedanken kreisen. Wieder versuche ich es rechts herum. Schließlich stehe ich auf und stupse Pauls Wange mit der Nase an. Er grunzt. Ich stupse erneut. Will mich versöhnen. Will, dass er mich wieder lieb hat. *Mich!* Nicht die Lüders! Er dreht sich auf den Bauch und schnarcht weiter. Enttäuscht springe ich vom Bett. Tigere in der Wohnung auf und ab. Überlege. Ich bin wütend. Traurig. Frustriert. Später verschwinde ich durch die Katzenklappe. Springe mehrmals hindurch, raus und rein und rein und raus, damit das Klappern Paul weckt und er hört, dass ich ihn verlassen habe.

Seit sechzehn Stunden kauere ich jetzt in meinem Versteck. Es ist fast ganz dunkel, aber warm. Ich hoffe, dass Paul wenigstens nach mir sucht. Tatsächlich höre ich ihn unsere Straße entlanggehen und rufen. Dann geht er wieder ins Haus. Ich verharre ganz still. Soll er sich nur Sorgen machen. Mal sehen, ob er zur Lüders geht und feiert, wenn ich vermisst werde. Sogar beim Atmen bin ich vorsichtig und bleibe auch dann reglos, als er das alberne Kostüm anzieht, den Sack schultert und bei der Lüders klingelt. Ich höre ihren spitzen Überraschungsschrei: »Herr Friedmann, Sie alter Schlawiner, Sie!« Paul geht in ihre Wohnung. Die Tür fällt ins Schloss, und er nimmt den Sack von der Schulter.

»Wie liiiiieb«, säuselt die Lüders, und in dem Moment schieße ich aus meinem Versteck hervor, die Mathilda im Sack, und springe dem kauenden Monster mitten ins Gesicht. Das wird ihr eine Warnung sein! Ein für alle Mal!

Doch die Lüders schreit nicht wie erwartet. Kein zischendes »Miststück« ertönt, kein schrilles »Bösartiges Viech!« kommt über ihre Lippen. Sie sackt einfach stumm zusammen, die Hand an der Brust, röchelt, japst. Das war's.

Paul kniet sich neben sie. Auf dem Wohnzimmertisch stehen ein brauner Kuchen und zwei geblümte Gedecke.

Später, als die schwarze Limousine vor dem Haus weggefahren ist, weint Paul in mein Fell. »Ich hab nicht gesehen, dass du dich in dem Sack versteckt hattest. Ich hab dich überall gesucht. Was hat dich nur so erschreckt, dass du so lange da ausgeharrt hast? Warum bloß hast du dich nicht bemerkbar gemacht? Es tut mir so leid, mein Schatz!«

Mir tut es nicht leid. Aber ich schnurre einfach weiter.

»Du hast dich schon in den letzten Tagen so zurückgezogen. Ist denn alles okay mit dir? Du musst ja einen furchtbaren Schrecken bekommen haben«, schluchzt Paul. »Armer Schatz. Und arme Ludmilla. Ihr Herz war einfach zu schwach.«

Ja, so kann man sich täuschen. Hatte die Lüders es also doch mit dem Herzen. Und mein Paul hatte eine echte Katze im Sack. Böses Ende inklusive. Die Lüders hat tatsächlich die Wahrheit gesagt. Den Siegerschmaus aber serviert Paul *mir*: Rinderhack an Lebertrüffeln mit Thunfischsoße.

René Freund

Ein merkwürdiges Geschenk

Alles sah nach dem üblichen Familienweihnachtsfest aus. Bis Tante Trude ein Geschenk hervorzauberte, das alles verändern sollte.

Mit einer ungewissen Vorfreude und dem gewissen Gefühl, dass dieser keine Nachfreude folgen würde, setzte sich Martina in ihr Auto. Durch die Straßen der Stadt schwirrten kleine, trockene Flocken, die zum Glück nicht liegen blieben. Martina schaltete das Radio ein und ganz schnell wieder aus. Weihnachtslieder. Und das auf dem Weg zur Weihnachtsfeier der Großfamilie. Sie fröstelte, und eigentlich wäre sie ganz gern zu Hause geblieben. Aber diese Zusammenkünfte in dem großen Haus am Rand der Alpen stellten ihre einzige Chance dar, ihre Tante, ihre Cousins und Cousinen und deren Kinder zu sehen. Wenigstens einmal im Jahr.

Als Martina nach einer knappen Stunde Fahrt über die menschenleeren Straßen die warmen Lichter der Jahrhundertwende-Villa sah, entspannte sie sich keineswegs. Wie jedes Jahr würden die Kinder vor Langeweile sterben. Wie jedes Jahr würden die Ehepaare sticheln und zanken. Wie jedes Jahr würde Tante Trude gute Miene zum Weihnachtsspiel machen. Und wie jedes Jahr würde sich Martina einem peinlichen Verhör unterziehen müssen, warum sie noch keinen Mann und keinen Geliebten mehr hatte und ob es nicht allerhöchste Zeit für Kinder wäre.

Martina beklagte sich und den Materialismus der Zeit,

während sie den bis oben hin mit Geschenken gefüllten Wäschekorb aus dem Kofferraum wuchtete.

Zu ihrer Enttäuschung wurden Martinas Erwartungen nicht enttäuscht. Nach dem Gänsebraten rissen die Kinder mehr oder weniger achtlos die Geschenke auf, zankten sich die Ehepaare und lenkten dann von sich ab, indem sie Martina nach Männern und zu erwartenden Kindern befragten. Aber Tante Trude kam ihr zu Hilfe.

»Und«, begann Tante Trude, wobei sie all ihr Charisma in dieses glockenhelle »Und«, legte, »und, was war euer merkwürdigstes Weihnachtsgeschenk?«

Martina fand diese Art von Fragen gewagt. Ihr flaues Gefühl bestätigte sich sogleich. »Ich habe einen rosa Strampelanzug als Pyjama bekommen«, sagte Cousin Bernd. Das war schon lustig, denn Bernd war ein männlicher Mann, mit vielen Haaren, Stoppelbart und gut hundert Kilo. »Und ich dreimal hintereinander dieselbe Zitronenpresse von Alessi«, bemerkte Cousine Ulli, »ich war kurz davor, einen Einzelhandel aufzumachen.« Das dauert ja nicht lange, bis die Vorwürfe kommen, dachte Martina. »Ich hab ein ferngesteuertes Auto bekommen, obwohl ich mir eine Puppenküche gewünscht habe«, jammerte Bernds Sohn Simon. »Mein Chef hat mir eine Krawatte geschenkt«, ächzte Bernds Frau Alexandra. »Seitdem rätseln wir in der Firma, bei wem das Naturkosmetik-Schminkset gelandet ist.« »Ich bekomme immer Bücher, obwohl ich nicht lese«, beschwerte sich Lukas, der Computerfreak.

Gott sei Dank erkannte Tante Trude sehr schnell, was sie angerichtet hatte, und lenkte ab: »Mein merkwürdigstes Geschenk hängt mit einer Geschichte zusammen.« Beim Stichwort Geschichte wurde es still in der Stube. »Es ist eine

Geschichte, die ich euch nie erzählt habe, weil ich dachte, es muss einmal Schluss sein mit den alten Zeiten. Aber jetzt ist mir klar geworden, es ist nicht Schluss.« Alle hingen an Trudes Lippen. Die alte Dame verfügte über das, was man natürliche Autorität nennt.

»Es war im Krieg, genau genommen zu Weihnachten 1944. Kurt war mit seiner Einheit nach Belgien beordert worden. Dort sollte die letzte große Offensive der Wehrmacht stattfinden, um die Alliierten zurückzuschlagen.« Kurt war Trudes Mann gewesen, er war schon viele Jahre tot, die Enkelkinder hatten ihn gar nicht mehr gekannt. Dennoch legten sie, eins nach dem anderen, ihre Nintendos und Smartphones beiseite, denn diese Geschichte interessierte sie.

»Es war entsetzlich kalt zu Weihnachten 1944, es schneite ununterbrochen, und irgendwann blieben beide Armeen in Schlamm und Schnee stecken, die der Deutschen und die der Amerikaner. Im dichten Nebel und in der allgemeinen Verwirrung wurden Truppenteile versprengt, keiner wusste mehr, wo der Feind lag. Kurt war, an einen Baum gelehnt, vor Erschöpfung für ein paar Minuten eingeschlafen, so hat er es mir erzählt. Als er wieder erwachte, war er allein mitten im Wald. Er bekam große Angst, denn wenn du allein bist, hast du gegen die Feinde keine Chance. Und wenn du Pech hast, hat Kurt gemeint, halten dich die eigenen Leute für einen Deserteur, und das ist noch schlimmer. Mühsam rappelte Kurt sich auf und versuchte, sich zu orientieren. Plötzlich hörte er ein Knacken im Gehölz. Er entsicherte sein Gewehr und drehte sich um. Vor ihm lag ein Amerikaner auf dem Boden, er war offensichtlich gestolpert. Kurt richtete seine Waffe auf ihn. Der andere sah ihn zu Tode erschrocken an. Der Amerikaner musste der Uniform nach ein Unteroffizier gewesen sein, ein Corporal oder Sergeant, hat Kurt gemeint.

Der Amerikaner schrie etwas, aber Kurt verstand ihn nicht. Er sah nur, dass der andere Angst hatte, ebensolche Angst wie er selbst. Und dass er jung war, ebenso jung wie er selbst. ›Ich wusste‹, hat Kurt erzählt, ›ich kann ihn nicht erschießen. Ich darf ihn nicht erschießen.‹«

Tante Trude nahm einen Schluck Rotwein und sah in die Runde. Sie schien es zu genießen, dass alle an ihren Lippen hingen. »Sie sahen einander in die Augen. Die Anspannung war unerträglich. Es musste etwas geschehen. Kurt ergriff die Initiative. Er ließ sein Gewehr sinken. Er nahm die Munition aus dem Karabiner, er hatte nur noch eine Patrone gehabt. ›Wo ist meine Einheit?‹, fragte Kurt. Der Ami verstand ihn nicht. Kurt zeigte nach rechts: ›*I go this way*‹, dafür reichte sein Englisch. Der Amerikaner nickte und blieb liegen. Kurt drehte sich nicht mehr um. Als er eine Stunde gegangen war, stand er plötzlich einer ganzen Patrouille von Amerikanern gegenüber. Er warf sein Gewehr weg, es war ohnehin nicht geladen, und wurde gefangen genommen.«

»Und dann? Was war dann?«, drängte Lukas, der sich anscheinend doch nicht nur für Computer interessierte.

»Kurt kam in das Camp der Amerikaner. Sie waren sehr wütend, erzählte er, manche spuckten ihm ins Gesicht, und im Vorbeigehen bekam er so manche Ohrfeige. Das war verständlich, sagte Kurt. Erst später hat er erfahren, dass die Deutschen in den Ardennen Hunderte amerikanische Kriegsgefangene hingerichtet hatten. Das gleiche Schicksal drohte nun ihm. Er verstand nicht, was sie herumbrüllten, aber er verstand sehr wohl, dass sich eine Gruppe von Soldaten zusammengetan hatte, um ihn irgendwo am Waldrand zu erschießen. Einer kam, mit Zigarette im Mundwinkel, und fesselte ihm die Hände auf den Rücken. Sie stießen ihn durch das Lager. Und zwar geradewegs in die Arme eines Unteroffiziers. Es war der Mann, den Kurt im Wald verschont hatte. Der Sergeant wies seine Kameraden zurecht, nahm Kurt in Gewahrsam und sorgte dafür, dass er mit einem vorbeikommenden Gefangenentransport hinter die Front gebracht wurde. Das war am Weihnachtstag 1944, und am Abend bekam Kurt in einem Zelt eine C-Ration: eine Konservendose mit Fleisch, einen Riegel Schokolade, drei Kekse und vier Zigaretten. Das war das beste Festessen meines Lebens, hat Kurt immer gesagt.«

In der sich ausbreitenden Stille klang die Geschichte nach. Bis Karla, die Zehnjährige und Kleinste, sich zu Wort meldete: »Aber Oma, was ist mit dem merkwürdigen Geschenk, von dem du gesprochen hast?«

»Kluges Kind«, sagte Tante Trude, ging zu ihrem Schreibtisch und holte ein kleines grünes Etui aus Samt hervor. Sie griff hinein und hielt etwas in die Höhe. Ein Raunen ging durch die Runde. Den Kindern blieb der Mund offen stehen. »Das«, sagte Tante Trude, »ist die Patrone, die Kurt nicht abgefeuert hat. Er hat sie während der gesamten Zeit seiner Gefangenschaft versteckt. Es war sein letztes Weihnachtsgeschenk für mich, bevor er gestorben ist.«

Martina gruselte es, sie hasste Waffen aller Art. Aber diese Patrone war nicht abgeschossen worden. Sie stand für ein gerettetes Menschenleben. Für zwei gerettete Menschenleben. Und für das Leben aller Nachkommen. Dennoch erschrak Martina, als Tante Trude ihr in einem unbemerkten Augenblick das Samtetui zusteckte. »Du hast den Überblick, Martina. Du wirst sie aufbewahren und eines Tages weitergeben. Die Patrone. Und die Geschichte.«

Trudes Geschichte hatte die Weihnachtsstimmung verwandelt. Keiner zankte, niemand jammerte. Die Kinder stellten tausend Fragen. Wie Dosenfleisch schmeckte und ob das

Zelt geheizt gewesen war und ob Opa Kurt den Amerikaner je wiedergesehen hatte. Dankbarkeit breitete sich mit dem Duft der Kastanien aus, die Trude über dem offenen Feuer briet. Alle freuten sich über scheinbare Kleinigkeiten, über die geheizte Stube, den guten Rotwein, die Vanillekipferln, ja, sogar über die Familie und über Weihnachten.

Spät am Abend fuhr Martina in die Stadt zurück, mit der Patrone und mit der Verpflichtung, diese Geschichte dereinst weiterzugeben. Und mit der Gewissheit, dass es im Leben oft darauf ankommt, was man tut. Manchmal aber nur darauf, was man nicht tut.

Nicola Förg

From Heinzi with love

Es wurde jeden Tag schlimmer. Es ging gerade mal auf den ersten Advent zu, und doch wurde es jeden Tag schlimmer. Die Leute bestellten, als gäbe es kein Morgen. Verdammter Geschäftsklimaindex. Verdammter Aufschwung. Verdammtes Internet. Warum fuhren die Leute nicht einfach wie früher in die Stadt und kauften ein? Nein, alles, wirklich alles wurde im Internet geordert.

Heinzi war fünfundfünfzig, er arbeitete seit siebenunddreißig Jahren bei der Post. Früher hatte es Pakete von Beates diskretem Versand gegeben, später mal ab und an von Otto. Ansonsten verschickte man Pakete und Päckchen eben zu Weihnachten, zu Ostern und zu Geburtstagen. Gern hatte man früher auch an die lieben, aber hinterm Vorhang versperrten Verwandten verschickt. Aber diese Pakete mussten ja dann die Kollegen hinter besagtem Vorhang austragen, und doch hatte auch er unter den Verwandten gelitten. Zu Weihnachten hatte er die Jeans von **C**heap & **A**wful bekommen und die Cousinen drüben die teuren Levi's. Das war zwar eine andere Geschichte, aber eben auch eine, die in seiner Gedankenwelt herumgeisterte, als er vor der Tür stand und wartete. Die Anwohner hießen nämlich Quade, das klang für ihn irgendwie nach Rostock oder Schwerin. Seine Verwandten aus Rostock hatten Ulbricht geheißen, also, die hießen immer noch so, aber Quade, das klang doch wie eine eklige Krankheit. Da wohnten die Unseligen auch noch am Ende eines ewig langen Fußwegs bis zur Haustür – den er das Paket entlangzerren musste.

Einunddreißig Komma fünf Kilo durfte ein Paket wiegen, das einem Postboten zuzumuten war. Wussten die Anzugträger in der Zentrale eigentlich, wie schwer einunddreißig Komma fünf Kilo waren? Seit die Menschen ihre Tiernahrung im Internet bestellten, war es richtig schlimm geworden. Dinner-for-Horse.com, Lunch-for-Cat.de und Doggybag.eu – das waren die Supergau-Webseiten für die Postboten. So ein zentnerschweres Doggybag hatte er herumgeschleppt, wartete jetzt an der Tür, bis diese schließlich aufging und ihn ein etwa zehnjähriges Mädchen anstarrte.

»Hab ein Paket für euch.«

Sie starrte und schwieg.

»Ist deine Mama da?«

Schweigen.

Von irgendwoher kam ein Ruf. »Domino, wer ist das?«

Hieß das Kind wirklich Domino? Aber es war ein Mädchen, müsste es da nicht eher Domina …? Also, wegen der Endung …

»Die Post«, piepste Domino.

»Ich komm gleich«, hallte die Stimme.

Heinzi zückte schon mal seinen Scanner, als er etwas hinter seinem Rücken hörte. Zeitversetzt kam ein Schmerz, der sich ausbreitete, der ihn herumfahren ließ. Da stand ein kleiner Junge mit riesigen Augen. Er hatte etwas in der Hand. Heinzi verfolgte das Etwas mit den Augen, das sich als Hundeleine entpuppte und herabhing wie eine nicht gestraffte Wäscheleine. Am Ende war ein Hund. Mit genauso großen Augen wie der Junge. Und ziemlich viel Gebiss für so einen kleinen Köter. Er lachte ihn aus. Heinzi fasste sich an seinen Allerwertesten. Blut tropfte von seiner Hand. Von vorn war die Dame des Hauses gekommen und starrte auch. Alle waren wie schockgefrostet, bis die fette Dame des Hauses, die Leggings und darüber etwas

Durchsichtiges trug, ausstieß: »Justin, hat der Tiger den Mann gebissen?«

Justin starrte nur genauso wie seine Mutter, Domino auch. Justin und Domino und Tiger und Mutter Quade starrten alle.

»Wollen Sie die Hose ausziehen?«, fragte die Leggingsträgerin.

Nein, das wollte er sicher nicht! Allmählich kam wieder Leben in Heinzi. Er beherrschte sich mühsam. »Das Vieh hat mich ohne jede Vorwarnung von hinten in den Arsch gebissen. In den Arsch! Ich glaub, ich spinn! Ich habe Ihre Adresse. Sie hören von uns. Wegen Schmerzensgeld und so!«

»Aber so was hat der Tiger noch nie getan!«, rief sie, und der gewaltige Busen wogte unter dem fein gewobenen Gespinst.

Wenn es etwas gab, was Heinzi nicht mehr hören konnte, dann war das der Satz: »Das hat er noch nie getan.« Gefolgt von: »Der will nur spielen« und »Das ist eine Seele von einem Hund, der tut keiner Fliege was zuleide«. Fliegen vielleicht nicht, aber Postboten! Das war nun schon das vierte Mal, dass er gebissen worden war. Zweimal in die Wade, einmal in die Hand. Und nun in den Arsch – einen so heimtückischen Anschlag hatte er noch nie erlebt. Heinzi spürte, dass das Blut in seiner Hose Richtung Knöchel rann und sich dort sammelte. Er stieß noch ein paar Flüche aus und entschwand. Zu seinem Arzt.

Der Arzt war ein alter Kumpel und ziemlich beeindruckt von der Bissmarke. »War das ein Wolf?«

»Nein, so ein fieser kleiner Terrier.«

»Hochgesprungen und im Arsch gehangen?«

»Danke für dein Mitgefühl.«

Sein Kumpel überprüfte, wann die letzte Tetanusimpfung

gewesen war. Heinzi hatte angesichts der ständigen Hundeattacken gefühlte Hunderte von Tetanusspritzen erhalten. Der Arzt schrieb ihn krank und hieß ihn, morgen wiederzukommen, da man eine Infektion ja nie ausschließen konnte.

Nach einer Woche war Heinzi wieder im Dienst, es war Anfang Dezember, die Pakete wurden mehr und mehr. Nach dem Wochenende des dritten Advents, an einem pakettechnischen Horrordienstag, biss ihn erneut ein Köter. Diesmal nur leicht in den Oberschenkel, denn Heinzi konnte dem Angreifer gerade noch den Scanner auf den Schädel donnern. Die Bestie hatte sich mit Hundesternchen vor den Augen getrollt. Es reichte. Es reichte wirklich!

Seine Chefin gab sich besorgt, aber sie flehte Heinzi an, doch bitte durchzuhalten. Jetzt, so kurz vor Weihnachten! Es waren doch schon drei andere Kollegen krank. Der eine mit schwerer Grippe, die andere mal wieder alkoholbedingt und die dritte wegen der Psyche, was auch immer sehr langwierig war. Die Chefin stellte ihm nach Weihnachten Urlaub in Aussicht, den 24. frei, dazu freies Silvester, eine Extrazahlung … Heinzi gab nach und blieb diesmal nur die drei Tage zu Hause. Die hatte der Arzt unbedingt gefordert. Am 20. Dezember war Heinzi wieder unterwegs.

Es war mild, es ging auf das typische Sommerweihnachten zu. Der Schnee, der bis Mitte Dezember gefallen war, war längst getaut. Die Prognose sagte für Heiligabend mal wieder Sonne und satte zweistellige Plusgrade vorher. Der Nachteil an solchen Wetterlagen war, dass die Leute ihre Hunde in die Gärten ließen. Und wo Hunde frei liefen, stellte Heinzi nun konsequent keine Post mehr zu. Das war mit der Chefin so abgesprochen.

Heinzi hielt also durch. Am 23. hatte er noch einige Pakete

für den Kleintierarzt auszuliefern, auch da saßen im Wartezimmer jede Menge Köter. Er hasste diese ganze Spezies inzwischen abgrundtief. Sollten sie doch alle verrecken. Oder eingeschläfert werden, jawohl! Er sah all diese Tiere und in ihnen all jene Artgenossen, die ihn gebissen hatten: den Rottweiler-Mix, den Schäferhund, den Pinscher, den Parson Jack Russel mit Namen Tiger und zuletzt den schwarzen Mischling. Heinzi schritt wie ein Gladiator durch das Wartezimmer, ja, beim Arzt, da waren sie plötzlich alle ganz klein, die Biester, und zogen die Schwänze ein. Er stellte seine Pakete wie immer in einem Nebenraum ab, als sein Blick umherschweifte. Direkt vor ihm, auf einer Anrichte, lagen ein paar Medikamentenpackungen. Wurmkuren, ein Epilepsiemittel und eine Sedierungspaste. Sedierungspaste? Sedierungspaste! Heinzi griff zu. Im Auto las er den Beipackzettel. Aha …

Sein Weg führte ihn ganz am Ende seines Arbeitstages stets in die Straße der Quades. Und wer war da im Garten? Der Terror, äh, Terrier. Der Tiger-Terrier. Weit und breit kein Mensch. Mittlerweile wussten die Quades, dass sie nur noch Pakete bekamen, wenn das Vieh irgendwo kaserniert war. Sie waren darüber informiert worden. Der Tiger rannte kläffend an den Zaun. Etwas Ungekanntes stieg in Heinzi auf. Er entnahm seiner angebissenen Leberkassemmel den restlichen Leberkas, gab Sedierungspaste drauf und warf das Leckerli über den Zaun. Der Tiger war begeistert. Allerdings hielt der Zustand nicht lange an. Dann begann er zu torkeln, eierte noch zum Hauseingang und sank in dem kleinen Windfang danieder. Heinzi hinterher, das Paket für die Quades, das aus Rostock kam – also doch! –, ließ er im Wagen liegen. Normalerweise hätte er es vor die Türe stellen können. Die Quades hatten nämlich einen sogenannten »Garagenvertrag«

unterzeichnet, der besagte, dass er Pakete im Windfang abstellen durfte. Heinzi stellte nichts ab, sondern huschte durch den Garten, stopfte sich den Tiger unter den Arm, huschte zurück und legte ihn ins Auto. Er war wie in Trance. Es war nicht so, dass er einen dezidierten Plan verfolgte, aber er fühlte sich ausgesprochen diabolisch.

Zwei Häuser weiter erhielt Gudrun Langhammer ein Weihnachtspaket von ihrer Schwester Gundula aus Augsburg. Da die Langhammerin nicht da war, legte er die Sendung ins Gartenhaus. Gut so, denn sie war immer furchtbar gesprächig, rückte ihm ganz nahe, und oft versagte ihr Deo. Immerhin – und das nahm Heinzi doch für die Dame ein – hasste auch sie die Quade'schen Kinder und den Terror-Terrier, weil Kinder wie Terrier so laut und ungezogen waren. Es war totenstill in der Straße. Das war das Gute am Weihnachtscountdown, alle waren beschäftigt mit Last-Minute-Shopping, Kochen und Putzen.

Gedanken wirbelten durch Heinzis Kopf: Die Quade ist 'ne fette Quaddel, die Langhammer stinkt, Pasten sedieren, Weihnachten ist doof, doofer ist der Tiger … Heinzi zog Handschuhe an und entfaltete einen leeren Karton, den er im Auto hatte. Die Leute fragten oft nach Verpackungen. Er legte den Hund hinein, der in jedem Fall noch atmete. Er schrieb die Rostocker Adresse drauf, von der das Paket für die Quades verschickt worden war. Als Absender notierte er: »From Gudrun with love.«

Das Paket schob er dann später am Zustellstützpunkt unauffällig in den Behälterwagen – und fühlte sich großartig dabei. Schaurig-schön fühlte er sich!

Am 24. hatte Heinzi frei. Er machte Besorgungen, er war abends bei seiner Tochter und deren Familie eingeladen. Seit seine Gabi vor drei Jahren viel zu früh an Krebs verstorben war, handhaben sie das so. Am 25. traf er einen Imkerkollegen, der auch alleinstehend war, am 26. kam die andere Tochter mit Mann und Kindern zu ihm zu Besuch. Am 27. ging er wieder arbeiten.

Er war an seinem ersten Arbeitstag nach den Feiertagen noch nicht ganz in der Halle, da schwirrten überall schon die »Hast du das gehört?«-Sätze herum. Er konnte kaum nachfragen, da wurde er auch schon zur Chefin gerufen, die eine ganz und gar wunderliche Story zu erzählen hatte. Am 23. war gegen Abend im Frachtzentrum in Augsburg ein Paket auffällig geworden. Ein Paket, das hüpfte und bellte. Nun war man bei der Post ja abgehärtet, es wurden oft lebende Tiere illegal versendet, gern mal Reptilien, die allerdings mit sehr wenig Sauerstoff auskamen und als wechselwarme Tiere sich in der Kühle sehr apathisch verhielten. Heinzi hatte auch schon mal ein Paket mit Fischen zugestellt, das dann auslief. Er hatte die Fische sogar noch retten können, indem er die Ersterbenden in einen eilig herbeigeschafften Kübel mit Wasser verbracht hatte. Eine Kollegin, die mit den Psychoproblemen, hatte mal Meerschweinchen im Gepäck gehabt, und auch diese hatten dank der Kollegin – wahrscheinlich hatte sie es erst seitdem an der Psyche – überlebt. Jedenfalls hatten die Augsburger die Polizei geholt, die einen etwas verwirrten, leicht wackeligen Terrier aus dem Paket befreit hatte. Dieser war nach Rostock adressiert gewesen. Kein Absender. Nur »From Gudrun with love«.

Diverse Telefonate und Recherchen hatten ergeben, dass da also ein oberbayerischer Hund nach Rostock zur Schwester der Besitzerin versendet werden sollte. Allein die Besitzerin des Hundes wies die Behauptung natürlich weit von sich, dass sie ihren Hund verschickt haben sollte. Das

Tier war von der Familie schon schmerzlich vermisst und überall gesucht worden. Tierärzte, Kliniken, Polizei hätten sie abgeklappert – ein Drama so kurz vor Heiligabend! Durch den verwendeten Namen Gudrun war man schließlich auf die Nachbarin gestoßen, die laut der Hundebesitzerin sowieso eine ganz bösartige Hundehasserin war. Der wäre solche Tücke zuzutrauen. Auf Nachfrage war die gute Gudrun Langhammer allerdings am besagten Dienstag vor Weihnachten gar nicht zu Hause gewesen, sondern hatte schon seit Tagen in Südtirol geweilt, wo sie, einer jahrelangen Tradition folgend, zusammen mit einer Freundin in einem schicken Hotel die Woche vor Weihnachten verbracht hatte. »Weil es bis zum 24. immer billiger ist.« Die Damen pflegten dann am 24. nach Hause zu fahren. Ein wasserdichtes Alibi.

Heinzi hatte der Geschichte geduldig zugehört.

Die Chefin hatte sich über den Schreibtisch drohend nach vorn gereckt. »Herr Mooser, haben Sie den Hund verschickt?«

»Ich? Ich bitt Sie recht schön. Ich fass doch keinen Hund mehr freiwillig an. Und den von den Quades erst recht nicht. Ich habe es Ihnen doch schon gesagt: Wenn ich nicht genau weiß, wo das Vieh steckt, stelle ich dort nicht mehr zu. Das Paket vom 23. habe ich einbehalten, weil ich nichts riskieren wollte.«

»Das Paket wurde vom Kollegen Feistl am 24. zugestellt«, knurrte die Chefin. »Aber Sie waren bei Frau Langhammer.«

»Die einen Garagenvertrag hat. Ich habe ihr ein Packerl in die Gartenhütte gestellt. Wie immer. Wieso, ist mit dem Paket etwas nicht in Ordnung?«, fragte Heinzi mit gut gespielter Verwunderung. Er war ja so pfiffig. Gut, dass er dabei Handschuhe getragen hatte. »Brauch ich ein Alibi? Wollen Sie vielleicht Fingerabdrücke?«, witzelte er.

»Überspannen Sie den Bogen nicht. Sie kennen die Namen in der Straße, die Zustände und die Befindlichkeiten.« Heinzi blickte seine Chefin fast mitleidig an. »Ich bitt Sie recht schön. Das ist eine Wohnstraße. Da kennt noch jeder die Namen seiner Nachbarn. Wie kommen Sie da ausgerechnet auf mich? Da krieg ja ich die Zustände.«
»Weil Sie Hunde hassen!«
»Falsch. Ich fürchte mich vor ihnen! Ich fasse so ein Tier nicht mehr an. Niemals!« Heinzi legte alle Inbrunst in seine Stimme. »Bei meiner Seele.« Die wohl ziemlich schwarz war.

Die Chefin starrte Heinzi böse an. »Und das soll ich glauben?«

»Liebe Frau Müllerschön. Das steht Ihnen frei. Hat mich jemand gesehen? Hat mich jemand bezichtigt?«

»Nein«, sie knurrte wieder wie der verschickte Terrier.

»Dann würde ich jetzt gern arbeiten gehen, Sie wissen ja, wir haben viel zu tun, all die schönen Geschenke gehen jetzt wieder retour.«

Sie entließ ihn mit einer genervten Handbewegung.

Heinzi fühlte sich großartig. Jetzt hatte er so alt werden müssen, um so cool zu sein. Den ganzen Morgen über parierte er launig jedwede Vermutung aus dem Kollegenkreis. Selbst in der Tageszeitung war von der Hundeverschickung zu lesen, die Causa hatte es bis in den Bayernteil geschafft. Toll!

Dann begann er seine Runde und beendete sie in der Straße der Quades. Frau Quade stand im Garten, diesmal in eine viel zu enge Daunenjacke und eine orangefarbene Leggings gezwängt – beide Kleidungsstücke trugen ziemlich auf. Neben ihr saß knurrend der Tiger.

»Sie wissen, dass ich Ihnen nichts zustell, solange der da draußen ist!«, brüllte Heinzi über den Zaun.

Sie walzte maulend in Richtung Windfang. »Tiger, Tigerle, komm! Feiner Bub!«

Für eine Sekunde maßen sich der Tiger und Heinzi mit Blicken. »Das nächste Mal gibt's mehr von der Paste, und du wachst in Timbuktu auf«, flüsterte Heinzi. »Liegt, glaub ich, in Mali. Keine schöne Gegend. Das schwör ich dir.«

Der Tiger senkte die Rute, verpackte seine Beißerchen, indem er die Schnute schloss. Er trollte sich zu Frauchen. Den hatte er im Sack, dachte Heinzi. Hätte er schon viel früher machen müssen! *From Heinzi with love.*

Manfred Koch

Rufmord

Der Weihnachtsmann kann es nicht fassen:
Plötzlich will man ihn nicht mehr
Zu den kleinen Kindern lassen
Wie jahrzehntelang vorher.

Sagt er: »Kinder! Mädchen! Knaben!
Setzt euch doch auf meinen Schoß!
Was ihr wollt, könnt ihr dann haben!«,
Rennen sie gleich heulend los.

Lockt er: »Gebt mir eure Söckchen,
Dass ich sie mit Nüssen füll!«
Schütteln sie bloß ihre Löckchen
Und verschwinden mit Gebrüll.

Und dann schreit wer: »He, du Sitten-
Strolch! Du, mit dem weißen Bart!
Ab mit dir auf deinen Schlitten!
Hau bloß ab und gute Fahrt!«

Nächstes Jahr wird er sich wehren
Gegen diesen ganzen Mist
Und den Kids per Mail erklären,
Dass er nicht der Pfarrer ist.

Und er plant bereits, sich wegen
Bösen Rufmords oder so
Mit der Kirche anzulegen –
Na, viel Glück und Ho-Ho-Ho!

Harry Kämmerer

Last Christmas

München. Frühabendsonne klebt Millimeter über den Hausdächern Obergiesings. Fällt waagrecht in die Oberlichter des Hinterhofstudios der Trauerhilfe Miller. Dort zwei Künstler am Werk. Der »geile« Andi, glühendster Sechzger-Fan aller Zeiten, blondierter Vokuhila, stattliche Körpergröße, bescheidener Körperumfang, ein Hauch vogelscheuchig. Sechzger-Schal gebunden wie Seidentuch. Neben dem geilen Andi, gerade vertieft in die Mechanik des Eichensargdeckels: Diego, eins sechzig groß und eins sechzig Umfang, der zweitglühendste Sechzger-Fan dieses Planeten. Optisch gemischtes Doppel, sonst Herz und Seele.

»1860 gegen Pauli, das war schon scheiße, gell, Andi?«
»Kannst laut sagen. Gibst du mir mal des Schminkset?«
Diego reicht ihm Puder und Quaste.
»Also, schöner wird der nimmer«, meint Andi nach ein paar Versuchen mit sehr viel Puder und Camouflage. Die zahlreichen Vulkankegel auf der grauen Haut des Horizontalen lassen sich nicht wirklich zukleistern.
»Ist er daran gestorben?«, fragt Diego.
»Woran?«
»An den Pickeln.«
»Geh, Diego!«, schnaubt Andi.
Aber Diego meint es ernst. »So fette Teile hab ich noch nie gesehen. Die sind echt krass.«
»Da musst du erst mal sein Ding sehn.«
»Kann man da auch Akne kriegen?«
»Man kann alles. Klappt das jetzt mit der Technik?«

»Logisch.« Diego nimmt die Fernbedienung und drückt. Knirschend öffnet sich der Sargdeckel. »Muss man noch ölen.«
»Schmarrn, der Sound ist super. Passt doch voll gut.«
Diego schraubt weiter an dem kleinen Elektromotor, der für die Special Effects sorgen soll, und befestigt schließlich eine Leuchtkugel mit bunten Dioden darauf.

Andi legt das Schminkset beiseite und wischt sich die Hände am Kittel ab. »Hilf mir mal beim Anziehen.«

Es ist keine leichte Aufgabe, das tätowierte haarige Monster in die Lederkluft zu zwingen. Zu viele Kilos beziehungsweise zu enger Dress. Verzweifelt versuchen sie, den Hosenbund über der fetten Wampe zu schließen. Als es endlich geschafft ist, geht Diego respektvoll auf Abstand.

»Was ist los, Diego? Wir sind noch nicht fertig.«
»Wenn der Knopf losschnalzt, möcht ich nicht in der Schusslinie sein.«
»Geh, Schmarrn. Komm, wir legen ihn rein.«
Gesagt, getan. Jetzt Rauchpause. Sie gehen in den Hinterhof. Winterhimmel blutorange. Es riecht nach Schnee. Nach fünf Minuten Nikotinschwaden wie Nebel über dem Hochmoor. Inversionswetterlage.

»Wann müss ma da sein?«, fragt Diego.
»Um zehn.«
»So spät?«
»Late-Night-Gig.«
»Dann könn ma vorher noch zum Macky! Im neuen Kindermenü ist was von Pocahontas.«
»Mann, Diego, werd endlich erwachsen!«
»Niemals! Komm, ich hab Hunger.«

Als sie an ihre Wirkungsstätte zurückkehren, sehen sie schon von Weitem den Subaru ihres Chefs Josef Miller in der Einfahrt. Auf der Heckscheibe ein großer Aufkleber in Neongelb: *TRAUERHILFE MILLER – Eventbeerdigungen aller Art.* Und als sie das Büro betreten, hören sie den Chef auch sogleich.

»Sauber, wo kommt s' ihr jetzt her?«

»Weiterbildung. Totes Fleisch und seine Zubereitung.«

Miller sieht Andi blöd an.

»Vom Macky«, erklärt der.

»Na, Mahlzeit. Und, was macht unser Urga?«

»Kämpft gegen Außerirdische.«

»Lass den Scheiß, Andi. Ist die Leiche fertig?«

»Sie heißt wirklich Urga?«

»Er. Vielleicht nur sein Clubname, keine Ahnung. Also, ist er fertig?«

»Logisch. Tipptopp. Eine echte Schönheit.«

Sie gehen in die heilige Halle. Diego knipst das Licht an. Neonröhren zappen, britzeln, summen. Dann grelles, kaltes Licht.

»Wie ist er eigentlich ums Leben gekommen?«, fragt Diego den Chef.

»Schießerei. Hast du das Loch im Bauch nicht gesehn?«

»Der Andi hat ihn zurechtgemacht.«

Andi nickt. »So ein Loch ist nicht schlecht. Da hast du wenigstens kein Problem mit den Faulgasen.«

Diego nickt nachdenklich. »Hoffentlich gibt's heute Abend keinen Stress.«

Andi sieht ihn erstaunt an. »Wieso?«

»Na, Clubs und so. Bei Gangs gibt's doch ständig Schießereien. Denk nur an Mafiabeerdigungen. Wenn alle mal auf einem Haufen sind, kommen die andern und mähen sie nieder.«

»Geh, Schmarrn, Diego. Lies halt nicht immer die Scheißkrimis! Mafia!«

PENGGG!
Alle werfen sich zu Boden. Das Geschoss durchschlägt eine der Neonröhren, die – *pofff!* – explodiert. Feinglasregen. Das Geschoss klickert zu Boden, bleibt auf dem Estrich vor Andis Gesicht liegen. Er starrt es an. Großes Kaliber. Er grinst – der Hosenknopf des bedauernswerten Ledermonsters. Andi steht auf. »Entwarnung, nur ein letzter Salut.« Er drückt Diego den Knopf in die Hand. »Glücksbringer.«
Miller sieht auf die Uhr. »Jetzt schleicht s' euch langsam. Pünktlichkeit ist eine Zier.«
»Ist eh gleich in Pfaffenhofen.«
»Täusch dich da mal nicht, Andi. Der Verkehr bei Neufahrn.«
»Schaff ma scho. Los, Diego, Deckel drauf.«

»Oh, mei, so a Scheiß«, sagt Andi, als sie bei Neufahrn im Stau stecken.
»Ach, ist doch ganz stimmungsvoll.« Diego deutet zu dem Laster rüber, in dessen Fahrerkabine ein Plastikweihnachtsbäumchen hektisch die Farben wechselt.
»Entzückend. Uhrenvergleich?«
»Viertel nach acht. Des schaff ma lässig.«

Von wegen lässig. Als sie kurz nach neun am Clubhaus vom *Wotan Clan* ankommen, wartet der Präsident der Biker schon am Tor. »Wird auch langsam Zeit.«
»Die letzte Reise ist recht weit, dafür nimm dir etwas Zeit.«
»Halts Maul!«, weist der Präsident Andi zurecht.
Andi bleibt professionell höflich. »Wo dürfen wir den Herrn aufbahren?«
»Vor der Bar. Gerade durch.«
Sie betreten den ehemaligen Lagerraum. Ein paar disparate

Sitzmöbel, ein kaputter Kicker, ein sehr alter Flipper und ein Billardtisch mit Brandflecken im geflickten Tuch. Die Bar ein aus weißen Ytong-Steinen und Riffelblechen zusammengeschustertes Designerstück zweifelhafter Handwerkskunst – vulgo: Pfusch. Aber beeindruckendes Schnapsregal. Und vor dem Tresen halb nackte Muskelpakete an Leder.

»Sauber«, murmelt Diego und sieht seinen Atemwölkchen nach, die immer transparenter werden und dann verschwinden. Das Temperaturempfinden der Biker nötigt ihm Respekt ab. Sicher sensible Typen.

Sie bauen den Sarg vor der Bar auf.

»Hey, da sieht man ja nix«, nölt einer.

Sogleich ergreifen die Lederboys den Sarg und stellen ihn auf den Tresen.

Andi grinst und steckt sich eine Zigarette an. »Ihr seid der Boss.«

»Die Bösse«, korrigiert ihn Diego.

Donnergrollen aus sarggroßen Boxen kündigt den Beginn der Trauerzeremonie an. Die Biker nehmen vor der Bar Aufstellung, lassen eine Gasse in der Mitte frei. Das Schlagzeug von *Walhalla's Destiny* zerstückelt die nikotinschweißige Kaltluft. Gesang trifft es bei den gerülpsten Versen nicht wirklich.

Ich fahre rechts,
ich fahre rechts,
auf Geisterfahrt
mag ich es hart.
Wenn es dann knallt,
wird mir nicht kalt,
mich macht das heiß

in echt, kein Scheiß!
Yeah, yeah, Jenseits!
Wenn ich losheiz
auf Geisterfahrt,
wird's richtig hart!

Andi und Diego können gar nicht anders, als mitzuwippen, obwohl das nicht ganz ihre Musik ist. Aber der Groove ist ziemlich final. Passt perfekt.

Die Musik verendet mit einem gedehnten Röcheln, und das Tor zum Hof öffnet sich. Glasige Nachtluft strömt herein. Dann eine Explosion, noch eine und noch eine. Polyrhythmisch. Eine Harley. Fehlzündungen aus schonungslos offenen Endtüten. Im Sattel: der Präsident, oben ohne, auf der Brust ein Wildschweinkopf-Tattoo. An der Harley ein Hänger. Auf dem Hänger: ein Kasten Bier und ein kleinwüchsiger Christbaum mit bunten Lämpchen. *Bling-Bling.* Gefällt Diego, der einen Blick für Details hat. Die Lichterkette gab es letzte Woche bei Lidl. Wollte er auch holen. War aber ausverkauft. Er könnte den Präses nachher fragen, ob er die Kette noch braucht.

Der Motor der Harley erstirbt mit einem dreckigen Schlurpsen, das rostige Stahltor fällt krachend zu. Andi und Diego sehen sich fragend an. Andi schaut in die Runde. Einer der Biker zwinkert frech. Andi streckt ihm die Zunge raus. Der Biker fasst sich in den Schritt und fährt sich mit der langen Zunge lasziv über die Lippen. Andi rollt mit den Augen und stöhnt leise.

El Presidente: »Brüder, einer der Besten ist von uns gefahren. Urga, der Stählerne, der Härteste. Er wurde das Opfer eines hinterhältigen Hinterhalts, erschossen von feigen Feiglingen, die versuchen, sich unser rechtschaffenes Geschäft unter die Nägel zu reißen. Aber Urga ist nicht umsonst in die ewigen Jagdgründe gerollt, wir werden seinen Tod sühnen! *Vita brevis – Wotan longus!* Wichtig ist, dass wir jetzt zusammenstehen. Und dass wir unsere wahre Gesinnung nicht durch verbotene Gesten gefährden. Der Verfassungsschutz ist überall!«

Der Präsident lässt seinen Aluminium-Blick von Mann zu Mann schweifen, bleibt bei Diego und Andi hängen. Mit einem dümmlichen Grinsen heben sie die Hände.

Der Präses zeigt auf Diego. Alle Augen nun auf ihn. Diego geht ein Tröpfchen in die Hose. Panik. Dann weiß er wieder, was zu tun ist. Er nestelt die Fernbedienung aus der Tasche seines speckig grauen Sakkos. Es ist jetzt ganz still. Fokus auf den Sarg.

Der Deckel öffnet sich knirschend. Hakt. Diego lässt ihn wieder runterfahren, probiert es noch mal. Jetzt klappt es. Nein, was ist das? Der Ärmel von Urgas Lederjacke hat sich am Deckel verhakt, der Arm in der Jacke hebt sich steif nach oben. Reflexartig zucken auch die Arme der Anwesenden hoch. Hundertzwanzig Grad. Zur Hallendecke. Nur der Arm des Präsidenten bleibt unten. Eine gewisse Panik in seinem Blick. Eine Deutschlandfahne schnalzt aus dem Sarg und flattert im Ventilatorwind. Die Anwesenden stimmen die erste Strophe des Deutschlandlieds an.

Einer murmelt: »Zugriff.« Das Tor fliegt auf, rechte Arme im Sturzflug unter die Kutten, Hände zücken Waffen, der *Wotan Clan* schwärmt aus, verschwindet hinter Paletten, Kisten, Rohren, zwischen Regalen, hinter der Bar.

Stille.

Nein, ein kurzes heiseres Zischen aus dem Sarg. Die Nebelmaschine pumpt einen Schwall Watteweiß in die Halle. Die bunte Diskokugel dreht sich und schickt glitzernde Pailletten in den Nebel. Andi und Diego liegen flach auf dem Boden. Jetzt hört man gar nichts mehr. Gespenstische Stille. Fast: Diego entfährt ein Angstschors. Als ob ein Korken aus der Sektflasche knallt. Startschuss. Mündungsfeuer aus allen Rohren. *Rattattattatatang ...*

Irgendwann schweigen die Waffen. Irgendwer öffnet eine zweite Tür. Ein scharfer Luftzug nimmt Nebel und Pulverdampf mit sich, dann knipst jemand das Licht an. Die Reihen haben sich gelichtet. Der *Wotan Clan* ist nicht mehr. Oder zumindest nur noch sehr reduziert. Vereinzelte Lederboys wimmern, andere verhalten sich totenstill.

Bilanz: acht Leichen, vier Festnahmen.
»Und wer sind Sie?«, fragt der Einsatzleiter des Spezialkommandos.
»Trauerhilfe Miller«, sagt Andi kleinlaut.
»Na, das passt doch. Da haben Sie ja jetzt gut was zu tun.«
Andi nickt betreten. Diego sieht sich immer noch staunend um, kneift die Augen zusammen. Keine Änderung – das Bild der Verwüstung bleibt.

»Was war denn das?«, fragt Andi, als sie wieder auf der Autobahn sind.
»Ein Himmelfahrtskommando.«
»Glaubst du an Reinkarnation?«
»Wer ist das?«
»Vergiss es, Diego.«

Sie fahren schweigend. Kurz vor Neufahrn. Diego hält das Lenkrad ganz locker. Lockerer, als er ist. Er denkt nach. Macht er ja nicht oft. Er zündet sich eine Zigarette an.

Andi niest, kruscht im Handschuhfach nach Taschentüchern und entdeckt dort die Lichterkette. »Sag bloß?«

»Die brauchen die doch nicht mehr.«

Andi drückt den Stecker in den Adapter am Zigarettenanzünder. Die Lämpchen blinken bunt.

Andi und Diego grinsen sich an.

»Die nehmen wir morgen mit auf die Weihnachtsfeier«, beschließt Andi.

»Aber wenn wir die Burschen morgen schon reinkriegen, müssen wir bestimmt arbeiten.«

»Schmarrn. Die Herrschaften wandern erst mal in die Rechtsmedizin.«

»Warum das denn?«

»Die schaun nach, wer sie erschossen hat.«

»Hä?«

»Na, damit klar ist, dass die sich gegenseitig abgeknallt haben.«

»Äh … ja … logisch. Wer auch sonst? Sag mal, meinst du, wir kriegen dieses Jahr wieder fünfhundert extra?«

»Logisch. Der Miller weiß doch, was er an uns hat. Aber noch wichtiger: Kommt die scharfe Lisa aus Hildesheim wieder auf die Weihnachtsfeier vom Verband?«

»Die von Trauerhilfe Tralle?«

»Ja, *Tralle kriegt sie alle*.«

»Ist da was gelaufen letztes Jahr?«

»Logisch, aber so was von!«

»Andi, du Sau, jetzt fällt's mir ein, ihr wart im Lager!«

»Logisch. Du, der *Eternity deluxe*, der ist echt super gepolstert. Und geräumig. Ein Riesending!«

»Du Windhund. Ich liebe Weihnachtsfeiern. *Last Christmas …*«

Andi übernimmt: »*… I gave you my heart …*«

Und gemeinsam: »*... but the very next day you gave it away ...*«

Diego lächelt und pult den Glücksknopf aus der Hosentasche. »Wenn wir den vorhin nicht dabeigehabt hätten ...«

Sie betrachten ihn und grinsen sich an.

BUMMMM!

Ungebremst auf das Stauende.

Ein Schnipp, und schon im Off.

Andi und Diego verpassen das Feuerwerk der explodierenden Flaschen Weihnachtsbock, die der Laster vor ihnen geladen hat. Schade eigentlich. Kronen süßherben Schaums fröhlich illuminiert von der blinkenden Lichterkette. Ein bisschen wie Hawaii.

Aloha!

Beate Maxian

Die Weihnachtskrippe

Etwas stimmte nicht in dem kleinen Dorf im Salzkammergut nahe den Alpen.

Die junge Klarinettistin der Musikkapelle lief suchend umher, obwohl sie doch schon längst an ihrem Platz stehen sollte. Doch der Reisenbauer Franz fehlte. Das war blöd, denn der Franz war der Kapellmeister und zudem auch noch der Weihnachtskrippenbeauftragte des Dorfes. Letzteres bereits in dritter Generation. Er hatte die halbe Nacht damit zugebracht, die lebensgroßen handbemalten Krippenfiguren auf dem Kirchplatz aufzustellen. Das konnte die Baumgartinger Irmi bezeugen, weil ihr Bein schmerzte und sie deshalb ebenfalls die halbe Nacht am Küchenfenster gestanden hatte. Ihr Haus lag gegenüber der Kirche, und seitdem sie vor zehn Jahren ausgerechnet auf dem Kirchplatz umgeknickt war und sich einen Bänderriss zugezogen hatte, spürte sie jedweden Wetterumschwung. In der Nacht auf den ersten Adventsonntag hatte es zu schneien begonnen, also hatte sie am Fenster gestanden, dem Franz zugesehen und ihm um halb sechs morgens die überdimensional großen Bettlaken vom »Dorfwirt« vorbeigebracht. Vor der offiziellen Enthüllung durfte niemand die handgeschnitzten Figuren sehen, obwohl natürlich jeder im Dorf wusste, wie die Krippenfiguren aussahen. Aber Tradition war nun einmal Tradition. Das war der Irmi heilig, und daher wurden die Figuren verdeckt.

In der Nacht waren sie und der Franz wieder mal in Streit geraten, weil er mehr Geld von ihr wollte. Fürs Aufstellen. Und sie wollte, dass er endlich Schluss machte mit seinem

Gspusi, der Rita, einer verheirateten Frau, weil das nicht gut für den Ruf des Dorfes sei.

»Du redest vielleicht einen Blödsinn zamm«, hatte der Franz gesagt und das Schauspiel mit den Leintüchern verhüllt.

Jetzt, um halb elf morgens, hatte sich also die halbe Gemeinde auf dem Dorfplatz versammelt. In dicken Anoraks, festen Winterstiefeln, Mützen und mit Regenschirmen bewaffnet. Nur die Frauen der Goldhauben- und Kopftuchgruppe froren tapfer in ihren Festdirndln und der Bürgermeister im Trachtenanzug sowie der Pfarrer im Messgewand. Darunter: alle Thermounterwäsche. Sogar ein Team des lokalen Fernsehsenders war angerückt, obwohl der, streng genommen, auch den Beitrag vom letzten Jahr hätte einspielen können. War eh jedes Jahr dasselbe. Aber die Baumgartinger Irmi kannte den Chef des Senders, und der Bürgermeister hatte auf ihre Intervention hin eine beträchtliche Summe dafür bezahlt, dass ein Team einen neuen Beitrag gestaltete. »Rausgeschmissenes Geld«, hatte der Bürgermeister geschimpft und dafür einen bösen Blick von der Irmi kassiert. Die Irmi spielte sich überall auf, als habe sie allein das Sagen, und deshalb standen jetzt eine Redakteurin und ein Kameramann ebenfalls vor den frisch gewaschenen Leintüchern und warteten darauf, dass eine Schar Kinder auf ein Zeichen des Bürgermeisters hin die Fetzen von den Holzfiguren riss. Danach würden die Hauptverantwortlichen für das Spektakel Interviews geben, und dann ging's ab zum Mittagessen beim »Dorfwirt«. So wie jedes Jahr. Darüber hinaus sollte traditionell die Musikkapelle spielen, und jetzt fehlte ausgerechnet der Kapellmeister. Die ganze Zeremonie verzögerte sich. Da niemand wusste, wo der Reisenbauer Franz sich aufhielt, und da sein Handy auch tot war, wurde schließlich der Zweite Kapellmeister geholt.

»Was glaubst, wo der Franz is?«, flüsterte die Müller Anna, ihres Zeichens Goldhauben-Obfrau-Stellvertreterin, der Irmi ins Ohr.

»Na, wo wird der scho sei? Im Bett!« Und damit meinte sie nicht, dass der Franz womöglich verschlafen hatte und wie ein unschuldiges Kind zu Hause in seinem Bett lag. »Bei dem ausgschamten Mensch …« Das war die Bezeichnung für die Oberhuber Rita, mit der der Franz eine Sexaffäre hatte und in deren Bett die Irmi den Franz vermutete. Offen sprach man freilich nicht über die Affäre, nur im engsten Kreis, weil a) niemand es beweisen konnte und b) die Rita die Schwester des Bürgermeisters war. »Oder siehst du die Rita irgendwo?«, zischte die Irmi.

Die Anna sah die Rita auch nirgends. Nur ihr Mann, der Alois, stand bei der Blasmusik. Er spielte Trompete.

»Ja, glaubst du denn wirklich, dass die Rita und der Franz … also, während wir hier … und der Alois …« Die Müller Anna konnte die, im wahrsten Sinne des Wortes, nackte Tatsache nicht einmal aussprechen.

In dem Moment kam der Kühberger Toni um die Ecke und schaute die Baumgartinger Irmi vorwurfsvoll an. So, als wolle er sagen, dass er es schon immer gewusst habe, dass auf den Franz kein Verlass war. Nicht nur, weil dieser angeblich heimlich die Rita schnackselte. *Und so jemanden ließ man zu Weihnachten die Krippe aufstellen!* Es hätte dem Kühberger Toni einfach auch schon aus historischen Gründen zugestanden, die Krippe aufzustellen. Immerhin waren die Kühbergers die größten Bauern im Dorf und besaßen den ältesten Erbhof aus dem Jahr 1420. Die Reisenbauers waren erst seit 1690 ansässig und seit jeher Handwerker. Deshalb arbeitete der Franz auch auf dem Bauhof der Gemeinde, und deshalb blieb der Toni normalerweise auch jedes Jahr demonstrativ der feierlichen Eröffnung fern. Aber die Entscheidungsobrigkeit über das Aufstellen der Krippenfiguren lag bei den Goldhaubenfrauen. Oder vielmehr bei der Irmi, weil die bei ihren Entschlüssen nie jemanden mitreden ließ. Und das Geschau des Kühberger Toni ging der Irmi eh auf den Zeiger, seit er sie verlassen und die Vroni geheiratet hatte. Gut, das lag jetzt auch schon zehn Jahre zurück, doch die Baumgartinger Irmi konnte sehr nachtragend sein. Deshalb hatte sie auch die Aufnahme der Vroni in die Goldhaubengruppe verhindert, so wie sie auch schon verhindert hatte, dass der Toni Weihnachtskrippenbeauftragter und Erster Kapellmeister wurde. Aber in der Not frisst der Teufel ja bekanntlich Fliegen, und deshalb war die Irmi ausnahmsweise einmal froh, den Toni zu sehen. Außerdem lief das nun einmal so in einem Dorf. Man kannte und half sich und regelte Probleme untereinander. Davon einmal abgesehen, dass ohne den Zuspruch der Goldhaubenfrauen, also der Irmi, sowieso nix ging. Deshalb tat der Toni gut daran, jetzt nicht die beleidigte Leberwurst zu spielen, sondern sich mit der Irmi gut zu stellen, wenn er jemals Krippenfigurenbeauftragter werden wollte.

Der Toni nahm den Taktstock in die Hand, und wenige Augenblicke später ertönte: »Gegrüßet seist du, Maria«. Danach hielt der Bürgermeister seine Rede, und der Pfarrer nahm den Weihwasserkessel mit Borstenwedel und die Ministranten die unteren Zipfel der Bettlaken zur Hand. Auf ein Zeichen des Bürgermeisters zogen sie gleichzeitig in eine Richtung, und die weißen Tücher segelten zu Boden.

Die Baumgartinger Irmi erfasste das Malheur auf den ersten Blick. »Was is jetzt des?«, fragte sie niemand Bestimmtes. Der Kameramann zoomte sie heran. Ihr entsetztes Gesicht war groß im Bild. Endlich tat sich einmal etwas in dem verschlafenen Nest. Auch die Blicke der Umstehenden richteten sich jetzt erschrocken auf die von Hand bemalte und lebensgroß aus Holz geschnitzte Maria. Die Kamera schwenkte zwischen der Krippe und den weit aufgerissenen Augen des gemeinen Volkes hin und her und rückte dann den fragenden Blick des Bürgermeisters und des Pfarrers ins Bild. Der Schreck war ihnen allen ins Gesicht geschrieben.

Der Josef stand nicht auf seinem Platz.

Stattdessen thronte der Caspar, einer der Heiligen Drei Könige – ausgerechnet der schwarze! –, neben der Maria vor Ochs und Esel bei der Krippe.

Plötzlich schrie die Müller Anna auf und zeigte auf einen bestimmten Fleck. Ein tragischer Anblick. Der Josef stand verloren inmitten der Hirten, umringt von Schafen. Ihm zu Füßen lag der Reisenbauer Franz.

»Der is tot«, brachte es der Pfarrer auf den Punkt, weil er sich damit ein bisschen auskannte. Die Mütter zogen ihre Kinder fort, der Bürgermeister holte sein Handy hervor und wählte die Nummer des Notrufs.

»Wir müssen sofort den Josef und den Caspar austauschen. Sonst mach ma uns zum Gespött der ganzen Region«, lamentierte die Irmi, weil sie Angst hatte, dass, sobald hier die Rettungskräfte herumspazierten, der Irrtum mit den Figuren an die große Glocke gehängt werden würde. Sie hoffte, dass das lokale Fernsehteam schweigen würde, weil a) die sowieso keinen Sensationsjournalismus betrieben und b) die Irmi dem Chefredakteur schon sagen würde, wo der Bartl den Most herholte, also was gesendet werden durfte. Ansonsten würden die Goldhaubenfrauen jedem Unternehmer und Verein abraten, je wieder einen Cent für eine etwaige Berichterstattung auszugeben, und das wäre ein harter Schlag für einen regionalen Sender.

Doch Irmis Bedenken prallten am Bürgermeister ab. »Die Figuren bleiben, wo s' sind, bis d' Polizei da is.«

Der Müller Anna kam die rettende Idee. »Dann sagen ma hoit, des is innovativ. Es gibt doch da so eine These, dass die Maria a ganz normale Frau war, deren Gelüste der Josef, weil um viele Jahre älter, nicht mehr befriedigen konnte. Und als dann so ein lendenstarker Schönling daherkam, sagen mir halt, der Caspar ... Jedenfalls is die Maria schwach und später schwanger geworden. Und die offizielle Vaterschaft hat dann, wie man weiß, der Heilige Geist übernommen, und das wollten wir mit der diesjährigen Figurenaufstellung dokumentieren.«

»Die These kann net stimmen. Der Jesus is net schwarz«, widersprach jemand aus der Menge.

»Das ist ja auch mehr eine Metapher«, meinte die Anna.

Der Baumgartinger Irmi fehlten die Worte. Die Anna war ihr schon öfter mit ihren blöden innovativen Ideen unangenehm aufgefallen. Ständig wollte sie irgendwelche Neuheiten in der Gruppe einführen. Aber jetzt auch noch den Caspar zum offiziellen Vater des Jesuskindes zu machen, das ging eindeutig zu weit. Zudem war die Anna gar nicht so katholisch, wie sie vorgab zu sein. Oder glaubte diese Pfunsen etwa, dass die Irmi nicht bemerkt hätte, wie sie dem Oberhuber Alois schöne Augen machte, nur weil die Rita mit dem Franz ...? Bei der nächsten Wahl würde sie schon dafür sorgen, dass die Anna nicht mehr zur Obfrau-Stellvertreterin gewählt werden würde.

Die Polizei traf ein. Die Feierlichkeit war zu Ende. Kurzum: Der erste Adventsonntag war gelaufen.

Die Polizei sah sich den Tatort sehr genau an und ging aufgrund der klaffenden Wunde am Hinterkopf des Toten sofort von einem Gewaltverbrechen aus. Absperrbänder wurden gezogen, Namen notiert und Anwesende zur Befragung in den »Dorfwirt« geladen, denn nun musste alles schnell gehen. Der Kapellmeister, so die erste Einschätzung der Polizei, war erst seit wenigen Stunden tot. Die Neuigkeit, dass der Franz mit einem Hammer erschlagen worden war, machte rasch die Runde.

Eine saublöde Geschichte.

Und fast jeder hatte für die geschätzte Tatzeit von sieben bis zehn Uhr morgens ein nahezu wasserdichtes und mancher sogar ein bayerisches Alibi. Die Ermittler vernahmen erst einmal den Oberhuber Alois, weil ihnen die Sache mit dem Verhältnis zwischen dem Franz und der Rita natürlich auch zu Ohren gekommen war. Die Baumgartinger Irmi hatte es bei dem Gespräch mit den Ermittlern mehr so nebenbei erwähnt.

Doch der Alois war mit seiner Frau, der Rita, der Müller Anna, dem Bürgermeister, dem Kühberger Toni und der Kühberger Vroni in München gewesen, deshalb wurden die Genannten zur Befragung dazugeholt. »Weil dort in München gibt's an Spielplatz mit genau den Geräten, die mir doch dahoam aufstellen wollen«, erklärte der Oberhuber Alois, der von seinem Schwager, dem Bürgermeister, mit der Planung des Kinderspielplatzes beauftragt worden war.

»Und i bin mitgfoahren, weil's meine Idee war«, so die Müller Anna. »Außerdem wollten wir Goldhaubenfrauen doch zuerst das Spielgerät finanzieren.«

»Was aber jetzt die Gemeinde übernimmt, deshalb war ich dabei«, ergänzte der Bürgermeister. »Weil doch jemand Geld aus der Kasse der Goldhaubenfrauen genommen hat.«

Infolgedessen war dann aufgeflogen, dass der Franz keine Lust mehr gehabt hatte, die Krippenfiguren aufzustellen, und die Irmi dem Franz deshalb eine größere Summe bezahlt hatte. Das Geld hatte sie mit dem Ziel, dass der Franz die Aufgabe weiterhin erfüllte, aus der Goldhaubenkasse gestohlen. Damit hatte sie zu verhindern gewusst, dass der Toni zum Zug kam. Eigentlich war das Geld für diverse Projekte in der Region gedacht gewesen, dieses Jahr eben für neue Spielgeräte auf dem Kinderspielplatz. Deshalb die Reise nach München. Den Finanzierungsvorschlag der Anna hatten die Goldhaubenfrauen bei der letzten Vereinssitzung einstimmig angenommen. Nur die Irmi hatte dagegen gestimmt, zum Erstaunen der anderen. Nun wussten sie den Grund.

Die Rita, die Vroni und der Toni waren eigentlich nur in München dabei gewesen, weil's ein schöner Ausflug war. Übernachtet hatten natürlich alle im selben Hotel. Die Quittung lag schon im Rathaus auf dem Tisch vom Bürgermeister, weil die Gemeinde selbstverständlich die Kosten übernahm. Schließlich war das doch eine Reise, die letztendlich dem gesamten Ort zugutekam. Sie waren heute Morgen um sechs Uhr in München losgefahren, um pünktlich zu den Feierlichkeiten zurück zu sein.

Da die Baumgartinger Irmi die Letzte zu sein schien, die den Franz lebend gesehen hatte, und sie in jüngster Zeit auch öfter Streit mit ihm gehabt hatte – das konnten alle anderen bezeugen –, geriet sie immer stärker ins Visier der Ermittler. Blöd auch, dass der Hammer, mit dem der Franz erschlagen worden war, letztendlich im Keller der Irmi gefunden wurde. Da nutzte es nix, dass sie den Mordermittlern Wörter wie Verleumdung, Ehrverletzung, Lüge oder Unschuld um die Ohren schleuderte, Indizien waren nun einmal Indizien.

An dem Tag, an dem man die Baumgartinger Irmi nach Salzburg in Untersuchungshaft brachte, wurden der Josef und der Caspar vom Kühberger Toni endlich wieder auf ihre geschichtlich angestammten Plätze gestellt. Dem Bürgermeister war die Wiederherstellung der Tradition am Abend einige Halbe beim »Dorfwirt« wert.

Wenige Tage später wurde die Müller Anna zur neuen Goldhauben-Obfrau und die Kühberger Vroni zur Stellvertreterin gewählt. Jetzt, da die Irmi weg war, war Letztere auch mit offenen Armen in die Gruppe aufgenommen worden. Zum neuen Krippenfigurenbeauftragten wurde der Kühberger Toni ernannt.

»Lang hätt ich die Lüge, mit dem Franz eine Affäre zu haben, nicht mehr aufrechterhalten können«, stöhnte die Oberhuber Rita.

»Und? Funktioniert hat's jedenfalls«, sagte der Kühberger Toni und prostete dem Oberhuber Alois zu, weil der ja für die Planung des ganzen Schauspiels zuständig gewesen war.

»In einem Dorf hält man zamm und regelt die Sach untereinander«, begann der Bürgermeister seine Rede und legte abschließend einen Zwanzig-Euro-Schein auf den Tisch. »Des is fürn Bauhof, für einen neuen Hammer. Aber kauft s' diesmal was Gscheites, net wieder so ein Glump.«

Später, als sie noch immer feierten, da legte die Oberhuber Rita dem Kühberger Toni, die Kühberger Vroni dem Bürgermeister und die Müller Anna dem Oberhuber Alois ihre Hand auf den Oberschenkel. Endlich war wieder Ruhe eingekehrt im Dorf.

Erich Weidinger

Fröhliche Weihnachtsrast

Irgendwo auf Tirols Autobahnen – auf einem dieser neuen beleuchteten und überwachten Rastplätze ohne Tankstelle – 24. Dezember – nach zweiundzwanzig Uhr – dichter Schneefall.

Sie ist weg! Das kann nicht sein!
Am Boden vor dem Windfang aus Glas liegen im feuchten Schnee seine Jacke und sein Schal.
Sicherlich hat sie das Auto ein paar Meter weiter abgestellt. Wahrscheinlich ist sie ebenfalls auf der Toilette.
Georg hebt seine Kleidung vom Boden auf und klopft instinktiv den Schnee ab, der sich bereits auf dem dunklen Stoff niedergelassen hat. Dabei schaut er wiederholt nach allen Seiten, als würde jeden Moment das Auto auftauchen. Links von ihm steht ein heller Nissan. Das Scheppern einer Tür lässt ihn herumfahren. Eine dicke Frau kommt aus dem Damenklo, wobei nicht erkennbar ist, ob sie wirklich fett ist oder nur mehrere Schichten Kleidung trägt. Sie steigt in den Wagen, startet ihn. Das Seitenfenster öffnet sich, und eine männliche Stimme ruft ihm eine Erklärung zu, nach der er in seiner Verwirrung noch nicht einmal gesucht hat.
»Wenn Sie nach der Tussi im weißen Ford Ausschau halten, die ist vor ein paar Minuten weggefahren. Ich habe mich schon gewundert, warum sie eine Jacke in den Schnee geworfen hat. Immerhin haben Sie es so ein bisschen wärmer. Trotzdem frohe Weihnachten!« Schadenfrohes Lachen ist zu hören, und schon bewegt sich das Auto in Richtung Autobahn.

Arschloch!

Die Situation geistig noch nicht erfasst, dem Nissan ungläubig nachblickend, hält er die Jacke in nach vorn gestreckten Händen, als würde er sie einem Unsichtbaren anbieten. Er bemerkt nicht, dass der Schal wieder am Boden liegt und die Nässe in sich aufsaugt. Ungläubig blickt er nach allen Seiten, auch in eine Richtung, aus der selbst im unwahrscheinlichsten Fall höchstens ein Fahrrad kommen könnte. Tropfen des auf seinem Haupt geronnenen Schnees laufen ihm in den Nacken und lassen ihn erschauern.

Das kann nur ein Traum sein!

Er schlüpft in seine Jacke und bückt sich erneut nach seinem schwerer gewordenen Schal. Wie ein Wischtuch wringt er ihn aus und wirft ihn anschließend über die Glaswand, als wäre sie ein idealer Ort zum Trocknen.

Die kann mich doch nicht einfach hier aussetzen!

Ein Griff in seine Jackentasche erinnert ihn daran, dass er sein Handy zum Aufladen im Auto angeschlossen hatte. Telefonzelle ist keine zu sehen, und an einer Tankstelle waren sie erst vor einigen Kilometern vorbeigefahren. Lediglich seine Geldtasche hat er dabei, er trägt sie immer in der Vordertasche seiner Hose.

Erika! Sie hat mich einfach stehen lassen!

Obwohl in der unmittelbaren Umgebung kein einziges Auto steht, schreit er laut in die Nacht hinein: »Komm zurück, du blöde Kuh! Das kannst du mit mir nicht machen!«

Doch nicht einmal der Schneefall zeigt eine Reaktion auf seine Wut. Die hier stehenden Mülltonnen scheinen voll stinkendem Unrat zu sein. Selbst im Toilettenraum hat es nicht so gerochen wie hier draußen. Er dreht eine Runde um die Anlage und erriecht dabei die verschiedensten Nuancen von Düften, die er je an einem Ort gerochen hat. An der

Rückwand der Damentoilette befinden sich ein Getränke- und ein Kaffeeautomat. Mit nun schon klammen Fingern fischt er eine Zwei-Euro-Münze aus seiner Geldbörse und drückt die Taste für einen Café Noisette. Für ein Automatengetränk schmeckt der Kaffee sogar gut. Mit dem heißen Becher in seinen Händen geht er wieder vor das Gebäude und sieht gerade noch ein Auto wegfahren.

Mist, die hätte ich fragen können, ob ich telefonieren darf.

Da fällt ihm sein Flachmann mit karibischem Rum in der Innentasche seiner Jacke ein. Er nimmt ihn heraus und gießt etwas davon in seinen noch halb vollen Becher mit Schokoladenkaffee. Auch ein interessanter Geschmack. In Erinnerung an den heutigen Nachmittag, an dem er sich mit seinem Halbbruder Ludwig an einem Christkindlmarktstand in Wels hat volllaufen lassen, lächelt er vor sich hin. Wahrscheinlich auch ein Grund, warum ihn Erika hier ausgesetzt hat. Seine Frau musste ihn suchen, sodass sie erst mit Stunden Verspätung die Fahrt nach Schwaz in Tirol zu seinen Schwiegereltern antreten konnten. Noch dazu musste Erika am Steuer sitzen, obwohl sie im Dunklen nicht gern fährt. Während der Fahrt hatte er Vorwürfe über Vorwürfe ertragen müssen. »Meine Mutter hat gekocht! Sie wollte eine Weihnachtsfeier mit uns! Und jetzt gibt es nur ein Weihnachtsfrühstück! Du weißt doch, dass Papa immer um elf Uhr schlafen geht! Was musst du dich auch so …«

Er war müde gewesen, sein Aufnahmevermögen vom Alkohol noch so beeinträchtigt, dass er nur die Vorhaltungen in ihrer Stimme wahrnahm. Sinnerfassendes Hören war ihm während der Fahrt nicht möglich. Er würde sich jetzt gern irgendwo niederlegen, aber die einzigen Sitzgelegenheiten neben den Toiletten befinden sich außerhalb der Überdachung und sind dick mit Schnee belegt.

Sie wird mich bald holen. Sie wird kommen und um Verzeihung bitten.

Um nicht der Kälte ausgesetzt zu sein, versucht er, die weiteren Türen zu öffnen. Aber selbst die Behindertentoilette ist abgeschlossen, also bleibt ihm als Sitzgelegenheit nur eines der Klosetts aus Stahl. Da es bei den Autobahntoiletten normalerweise keinen Klodeckel gibt, weicht die Aussicht auf einen möglichst hygienischen und bequemen Sitzplatz der unbequemen Realität.

Da er vorher nur ans Pissoir getreten ist, öffnet er nun die einzige Tür von dreien, hinter der er ein funktionierendes Klo vermutet. Der Zustand lädt ihn nicht wirklich zum Verweilen ein. An der zweiten Tür klebt ein Zettel mit dem Wort »Defekt«, und an der dritten ist sogar die Türschnalle abmontiert mit dem schriftlichen Hinweis »Außer Betrieb«.

Ob die Toiletten bei den Frauen sauberer sind?

In diesem Gedanken versunken öffnet er die Tür des defekten Klos und erstarrt. Er hat mit allem Möglichen gerechnet, aber nicht mit diesem Anblick. Ein Weihnachtsmann sitzt angezogen auf der stählernen Muschel, die rote Mütze hat er bis über die Augen heruntergezogen, wahrscheinlich um etwas schlafen zu können. »Hat dich dein Rentier ausgesetzt? Bei mir war's die Frau.«

Keine Reaktion. Er betrachtet den Mann genauer und bemerkt, dass etwas nicht stimmt. Eine rote Flüssigkeit hat ihre Spur über die Wangen und den falschen Bart des Mannes gezogen. Georg stellt den Kaffeebecher ab, beugt sich nach vorn und schiebt dem Mann die Mütze nach oben. Kalte hellblaue Augen starren an ihm vorbei ins Leere, in der Mitte der Stirn, wo die rote Farbspur ihren Anfang nimmt, klafft ein Loch. Georg stürzt vor Schreck nach hinten. Um nicht hinzufallen, stützt er sich in letzter Sekunde mit der Hand in einem Pissoir ab, in dem ein feuchter Kaugummi klebt, der jetzt an seinem Finger haftet. Schließlich rutscht er doch zu Boden und stößt dabei seinen Schokoladenkaffeerumbecher um. Der kleine Rest des Getränkes hinterlässt auf seiner Hose sofort einen hässlichen braunen Fleck, der in einem Fremden angesichts des Ortes bestimmte Vermutungen begünstigen würde. »Geh ... Scheiße ...«

Georg zupft mit der rechten Hand an den feuchten, klebrigen Kaugummiresten an dem Zeigefinger seiner linken Hand, rutscht mit seiner Hose auf dem Boden herum, wobei der braune Fleck sich vergrößert und um andere Schmutzreste erweitert wird, starrt mit aufgerissenen Augen den toten Weihnachtsmann an und überlegt, was zu tun ist.

Das haut mich um. Jetzt brauch ich einen Rum!

Noch immer am Boden sitzend zieht er seinen Flachmann heraus und lässt den Rest in seine Kehle fließen. Plötzlich schnappt eine Tür, und jemand kommt herein. Bevor er irgendetwas sagen, geschweige denn sich erheben kann, bemerkt ihn der Hereinkommende, schreit laut »*Merde!*« und verlässt fluchtartig den Raum. Georg rennt dem Davoneilenden noch nach, doch dieser hat bereits sein Auto erreicht und verschwindet damit in der vom dichten Schneefall erzeugten weißen Wand.

So ein Depp! Ich hab ja nichts getan. Hätt ja nur sein Handy gebraucht.

Er spürt, dass ihm die Witterung zusetzt, die feuchte Stelle an seinem Oberschenkel fühlt sich immer kälter an. Er geht zur anderen Seite des Gebäudes und betritt die Sanitäranlagen für Frauen. Hier öffnen sich ihm sämtliche vier verfügbaren Türen, ohne tote Weihnachtsfrau dahinter. Aber auch diese Kabinen wirken nicht wirklich einladend für eine geruhsame Nacht.

Am Weihnachtsabend um Mitternacht sind nicht viele Autos unterwegs. Da Georg weiß, dass irgendwo im Freien Kameras aufgestellt sind, läuft er wie ein Idiot zweimal winkend auf und ab. Doch wer sollte ihn in dieser Nacht bei diesem Schneefall durch eine von Hunderten in Österreich aufgestellten Überwachungskameras schon sehen? Und selbst wenn, würde sich der Betrachter sehr wahrscheinlich nur über ihn lustig machen. Wieder so ein Betrunkener, der allen vorbeifahrenden Autos in einer Art von Weihnachtswahnsinn zuwinkt.

Georg begibt sich wieder in die Toilettenkabine zu dem Weihnachtsmann. Die Kälte hat auch hier Einzug gehalten. Es gibt einen Wärmestrahler an einer Wand, doch der Schalter scheint ihn verhöhnen zu wollen, denn der Wärmedraht bleibt kühl und blass. Er stellt sich in die Tür und sieht den Toten lange und nachdenklich an. Der größte Teil des Blutes ist jetzt im roten Mantel versickert, nur eine kleine Lache hat sich am Boden gebildet und ist zum Teil bereits eingetrocknet. Neben der stählernen Muschel entdeckt Georg ein Häufchen weißes Pulver.

Ein koksender toter Weihnachtsmann. Das kann nur ein Ausländer sein, der Nikolaus würde das nicht tun. Soll er ...? Ja, warum denn nicht. Nur probieren ...

Um zu dem Pulver zu gelangen, muss Georg sich vor dem Sitzenden hinknien, rutscht dabei mit einem Knie in die Blutlache und verwischt sie unbemerkt auf dem Boden. Mit der linken Hand, an der immer noch Kaugummireste kleben, hält er sich am Oberschenkel des Toten fest, während er mit der Rechten versucht, das Pulver zu erreichen. Er benetzt den Finger mit der Zunge und taucht diesen anschließend in das weiße Häufchen. Dann führt er den bestäubten Finger wie ein kleines Kind, das himmlische Gaumenfreuden erwartet, langsam in seinen Mund. Lippen und Zunge umschließen ihn und streifen das Pulver ab. Nach vorn gerichtet, um noch mehr von der verbotenen Substanz in sich aufzunehmen, bemerkt er nicht, wie sich der Körper des Toten bewegt. Der Druck von Georgs Hand auf dessen Oberschenkel schiebt diesen nach hinten, sodass sich der Oberkörper dreht und über Georg auf den Boden fällt.

Ahhh! Hilfe!

Georg ist zwischen Kabinenwand und Stahlschüssel eingeklemmt, über ihm der schwere Körper. Der linke Arm ist ihm bei dem Fall fast ausgekugelt worden und zwischen ihm und der Last über ihm fixiert. Er schmerzt. Georgs rechte Hand ist ausgestreckt und hat das weiße Pulver am Boden verteilt. Seine rechte Wange klebt am schmutzigen Boden, und auf seinem Gesicht liegt die Hand des Weihnachtsmannes, als wolle er ihm in stiller heiliger Nacht die Wange streicheln. Georg ist erschöpft. Er schnauft laut und kann sich nicht mehr bewegen.

Ruhig … ganz ruhig … und jetzt langsam und tief durchatmen, bloß keine Panik aufkommen lassen …

Er wendet die Technik an, die er bei einem Kurs für Burnout-Prävention gelernt hat. Damals hat er sie nicht wirklich ernst genommen.

Seine Atmung wird tatsächlich ruhiger, und er versucht, sich aufzurichten, was ihm aber nicht gelingt. Die Last auf ihm ist zu schwer. Langsam will er mit Hilfe seiner Bauchmuskeln den Unterkörper des Mannes nach hinten schieben, als ihm der Schmerz in Schulter und eingeklemmten Arm fährt. Er schreit laut auf. Dann hört er hinter sich ein Geräusch.

»Was macht ihr zwei denn da?«

Die Stimme seiner Frau. Ist das schon die Wirkung des

Kokains, oder ist sie wirklich da? »Erika, dich schickt der Himmel!«

»Nein, mein Vater. Er hatte Mitleid mit dir.«

Seine Frau ist tatsächlich hier. So eine Antwort kann nicht mal eine durch das Rauschgift ausgelöste Halluzination hervorbringen.

»Sie Schwein! Gehen Sie von meinem Mann runter.«

»Erika – er kann dich nicht hören. Er ist tot.« Am Ende seiner Kräfte spannt Georg nochmals seine Muskeln an und versucht, den Toten von sich zu werfen.

Erika erkennt seine Absicht und hilft ihm, den Weihnachtsmann von sich herunterzuziehen. In ihren Augen ist Abscheu. Vor ihr liegen jetzt zwei Körper, die beide fürchterlich anzusehen sind. Der einzige Unterschied ist, dass einer von ihnen atmet, wenn auch schwer. »Steh auf, du Schwein!« Diesmal meint sie unverwechselbar Georg.

Nur mit ihrer Hilfe kommt er auf die Füße. Er sieht entsetzlich aus. Seine Hose und Jacke sind voller Flecken, sein Kopf ist knallrot, als hätte sein Blutdruck das absolute Maximum erreicht, und sein Gesicht ist rot verschmiert und weiß bestäubt.

»Musst du denn gleich den Weihnachtsmann umbringen, nur weil ich dich für eine Nacht los sein wollte?«

»Aber der war schon tot, als ich hier reinkam.« Ihr zu erklären, warum der tote Mann auf ihm lag, ist sinnlos.

Erika geht nach draußen, sie muss Luft schnappen. Georg folgt ihr, und sie beratschlagen, ob sie die Polizei sofort informieren sollen oder erst am Morgen.

»Warum ausgerechnet in der Weihnachtsnacht die Ordnungshüter hierherbestellen? Der Mann ist in der Früh auch noch tot.«

Sie einigen sich, und Georg geht in Richtung Auto. Er

will endlich von hier verschwinden, will Ruhe und Schlaf. Doch Erika stellt sich ihm in den Weg.

»So nicht. So kommst du mir nicht in den Wagen. Sieh dich doch bloß mal an, selbst ein Erdferkel ist sauberer!«

Erika deutet auf eine Tür in dem Toilettengebäude, hinter der sich eine Dusche befindet, und streckt ihm ein paar Euromünzen hin. »Schon praktisch, dass die ASFINAG in Österreich auch an Duschen auf den Parkplätzen gedacht hat, findest du nicht?«

Während Georg duscht, nimmt Erika Georgs persönliche Sachen aus Hose und Jacke und stopft die Kleidung anschließend in eine Mülltonne bei den Sitzbänken im Freien. Dann wartet sie im Auto, und als Georg nackt und noch nass, nur mit Schuhen an den Füßen nach seiner Kleidung sucht, deutet Erika stumm zur Mülltonne, schüttelt den Kopf und macht mit ihrem Handy mehrere Fotos von ihrem Mann.

»Wag es ja nicht, die noch mal rauszuholen!«

Ein Auto nähert sich. Der nackte Georg steht mitten im Scheinwerferlicht. Der Beifahrer dreht das Fenster runter und schreit: »Du dreckige Sau, du dreckige!«, während der Fahrer Gas gibt und das Auto wieder verschwindet.

Genau das ist das Einzige, was ich jetzt nicht mehr bin. Dreckig.

Erika fährt also mit einem nackten Mann in der Weihnachtsnacht vom Rastplatz Münster-Nord nach Schwaz. Während der Fahrt muss sie ständig schmunzeln und sich beherrschen, um nicht laut loszuprusten. Georg sitzt zitternd neben ihr. Er wusste nicht, dass er nur mehr ungefähr fünfzehn Kilometer vom Ziel entfernt war. Als sie die Autobahnabfahrt erreichen, wird ihm klar, dass er nur mit Schuhen bekleidet bei seinen Schwiegereltern auftauchen wird. Er greift auf die Rückbank, wo ein kleiner Stoffhund mit Norwegermütze sitzt. Der Hund wird immerhin seine Scham bedecken, die bei der Kälte auf das Kleinstmöglichste zusammengeschrumpft ist.

Den Schwiegereltern scheint die Situation noch unangenehmer zu sein als ihm. Die Mutter seiner Frau beobachtet peinlich berührt und voller Mitleid, wie ihn Erika samt seinem vorgehaltenen Stoffhund ins Haus schiebt, und überreicht ihm, da doch Weihnachten ist, ein Päckchen, für das er verlegen den Hund ablegen muss. Endlich im Gästezimmer öffnet er noch das Päckchen, bevor er unter der warmen Bettdecke verschwindet. »Danke für den Bademantel!«, ruft er seiner Schwiegermutter noch zu. Und murmelt dann etwas leiser: »Den hätte ich vor einer Stunde brauchen können.«

Als wäre die vergangene Nacht nicht Strafe genug für ihn gewesen, steht am nächsten frühen Vormittag die Polizei vor der Tür. Erika ist Frühaufsteherin und hat im regionalen Radio gehört, dass ein polnisches Ehepaar eine Leiche mit tödlicher Schussverletzung auf einem Tiroler Rastplatz gefunden hat. Sofort hat sie die Polizei darüber informiert, dass ihr Mann irgendwie in diesen Fall verwickelt zu sein scheint.

Während Georg noch jammert, er habe nicht einmal für das Frühstück Zeit, und sich anzieht, reicht Erika ihm frische Kleidung und flüstert ihm zärtlich ins Ohr: »Wenn ich schon keine ruhige und stille Weihnachtsnacht hatte, so habe ich sicherlich einen geruhsamen Weihnachtstag, den ich diesmal ohne dich verbringen darf, mein Lieber. Und darauf freue ich mich. Wenn du deinen Flachmann suchst, der steckt noch in der Mülltonne bei den zugeschneiten Sitzbänken auf dem Rastplatz. Ihr fahrt da sicherlich noch mal hin, dann kannst du den Beamten ja alles zeigen. Ich wünsche dir frohe Weihnachten und eine fröhliche Weihnachtsrast, mein Schatz. Und wenn du länger bleiben musst, werde ich dir erst morgen die Sachen bringen können, die du benötigst. Heute bin ich nicht mehr erreichbar.« Zum Abschied küsst sie Georg auf die Wange und schiebt ihn den beiden Polizeibeamten in die Arme, die schon im Flur auf ihn warten.

Jutta Mehler

Advent, Advent

Elsa hasste den Dezember, den Januar und den Februar. Allerdings hasste sie den Februar nicht mehr ganz so sehr, weil da die Tage wieder länger wurden und die schlimmste Zeit des Jahres vorbei war: Weihnachten, Silvester – und der Advent.

Den Advent konnte Elsa am wenigsten ausstehen, denn in diesen vier Wochen war es am dunkelsten. Außerdem stand dann Weihnachten vor der Tür, und zu allem Übel wollte ihr Mann nach dem Entzünden der ersten und jeder weiteren Kerze auf dem Adventskranz zum Christkindelmarkt fahren. Der fand drüben im Kaff statt, wie Elsa die fünf Kilometer entfernte Kleinstadt zu nennen pflegte.

Auf dem Christkindelmarkt drüben im Kaff gab es eine Reihe von Buden mit dem üblichen Angebot: Kripperlfiguren, die tatsächlich gekauft wurden – Elsa hatte sich schon oft gefragt, wohin sie im Laufe des Jahres verschwanden. Machten sie sich unbemerkt dünne, weil sie offenbar ständig ersetzt werden mussten? –, Gewürze – manchmal strich Elsa an ihnen vorbei, warf einen Blick auf die in Folie eingeschweißten Kräuter, konnte sich jedoch nie dazu entschließen, näher zu treten –, Mützen und Handschuhe – jedes Jahr die gleichen –, Wachswaren – trotz der dunklen Jahreszeit wenig begehrt – und Christbaumschmuck aus Strohhalmen und Silberfolie – überraschenderweise durchaus beliebt. Außerdem gab es eine Bühne, auf der das im jeweiligen Jahr gekürte Christkind oder der Bürgermeister oder ein Schulchor auftrat.

Elsa bekam immer eine Gänsehaut, wenn sie ihren Mann in den ersten Dezembertagen sagen hörte: »Es schneit! Wenn es dicke Flocken schneit, ist es abends auf dem Christkindelmarkt sooo romantisch. Wir fahren hin, essen Bratwürschtel und trinken Glühwein. Dann musst du auch nix kochen. Freust du dich?«

Gern hätte Elsa darauf mit einem Nein geantwortet, aber das wagte sie nicht mehr. Ihr Mann würde ihr nur vorhalten, sie sei gefühlsarm, phantasielos, fad, ungesellig – die ganze Palette halt. Und dadurch würde sie sich wiederum auf den Schlips getreten fühlen, würde beleidigt sein, und sie würden tagelang nicht miteinander sprechen. Sie hatten das alles schon hinter sich.

Als daher ihr Mann in diesem Jahr am 3. Dezember anfing: »Es schneit …«, schlüpfte sie ergeben in ihren Daunenmantel und in die gefütterten Stiefel. Man musste sich ja zu allem Übel nicht auch noch eine Erkältung holen.

Wie erwartet war das Angebot an Kripperlfiguren, Wachswaren und Strohsternen unverändert, ebenso wie das der Bratwürschtel. Sie waren so fettig und schal wie immer, lagen in einer Semmel, aus der Ketchup troff, und es erwies sich als schier unmöglich, sich beim Essen nicht zu bekleckern. Der Glühwein schmeckte wie gezuckerter Scheibenreiniger – auch das war wie immer –, dennoch waren sämtliche Buden dicht umlagert. Elsa versuchte, sich an den Rand der Menschentraube zu manövrieren, damit nicht auch noch der Ketchup aus den Semmeln der anderen Leute auf ihrem Mantel landete. Schließlich stand sie in der Nähe der um diese Zeit verwaisten Bühne und konnte sich am Sockel anlehnen.

Vor ihr befand sich die Bratwurstbude, links der Glühweinstand, und die mit Wäscheklammern an einem Drahtstück befestigten Mützen flatterten rechts von ihr im Wind, von wo aus ein stilvoll gekleideter Weihnachtsmann auf sie zukam. Er hatte einen Sack mit auffälligen Gebrauchsspuren bei sich, aus dem er kleine in Goldpapier verpackte Schokoladentäfelchen holte und an die Umstehenden verteilte. Er machte auch vor Elsa halt, um ihr eines zu reichen, aber sie hatte keine Hand frei, um es entgegenzunehmen. Ratlos blickte sie zu dem Mann hoch, der sie um ein schönes Stück überragte, als der sich bückte und das Schokoladentäfelchen für sie auf den Bühnenrand legte. Bevor Elsa noch Danke sagen konnte, war er verschwunden.

»So beschaulich und friedvoll ist es nur in der Adventszeit«, schwärmte Elsas Mann und schlürfte den klebrigen Rest aus seinem Glühweinhaferl, während er sich bereits wieder vorwärtsdrängelte, um sich Nachschub zu holen. Im Nu war er in dem Menschenknäuel vor der Budentheke untergetaucht.

Elsa wickelte das letzte Viertel ihrer Würschtelsemmel in die Serviette und stopfte den Klumpen in einen Spalt zwischen den Bühnenbrettern. Den Rest ihres Glühweins schüttete sie auf den Boden, wo er sich mit den Ketchupklecksen und dem Schnee zu einer bräunlichen Matsche vermischte. Dann griff sie nach dem Schokotäfelchen, wickelte es aus und steckte es sich in den Mund.

Im selben Moment nahm sie wahr, dass in der Nähe der Gewürzbude zwei uniformierte Polizisten mit einer Gruppe Jugendlicher lauthals diskutierten. Einer der jungen Kerle stülpte soeben seine Jacken- und Hosentaschen nach außen, wie um zu zeigen, dass sie leer waren. Drogen, nahm Elsa an, bestimmt geht es wieder um Drogen.

Als Nächstes beobachtete sie, wie der Herr der Kripperlfiguren mit einer Plastiktüte von H&M in der Hand auf seine Bude zuging, darin verschwand, hinter seinem Warenangebot wieder auftauchte und den Inhalt der Plastiktüte in einem Karton unter Holzwolle versenkte. Was hatte der Kerl da versteckt?

Als Elsas Blick zum Ende der Budengasse glitt, entdeckte sie den Weihnachtsmann mit seinem gut gefüllten Sack und schaute ihm nach, bis er um die Ecke verschwunden war. Irgendetwas an seiner Gestalt hatte sie fasziniert.

War sie etwa trotz allem so gefühlsduselig, dass sie sich von einem Weihnachtsmannkostüm betören ließ? Oder hatte die Schokolade, die so angenehm bittersüß in ihrem Mund schmolz, eine magische Brücke geschlagen?

Elsa wurde aus ihren Gedanken gerissen, weil ihr Mann mit leeren Händen, dafür aber wutschnaubend neben ihr auftauchte. »Meine Geldbörse ist weg. Einfach weg. Gestohlen.« Er deutete anklagend zu den beiden Polizisten hinüber, die jetzt von einigen wild gestikulierenden Männern belagert wurden. »Und ich bin nicht der Einzige. Aber die Täter sind schon gefasst. Die Frage ist nur, wo die Burschen ihre Beute so schnell versteckt haben.«

In Elsas Kopf blitzte das Bild der Bude mit den Kripperlfiguren auf, in der Wer-weiß-was unter Holzwolle verborgen lag, doch sie verschwieg ihre Beobachtung. Womöglich war der Budenbesitzer unschuldig, und sie wollte nicht dafür verantwortlich sein, dass ihn die geballte ungerechtfertigte Wut aller Weihnachtsmarktbesucher traf.

Elsa musste noch eine Weile ausharren, bis ihr Mann seinen Namen und ihre Adresse zu Protokoll gegeben hatte, dann aber hielt sie kein weiteres Haferl Glühwein mehr vom Weg nach Hause ab, weil die gezuckerte und eingefärbte Chemikalie ja nicht umsonst zu haben war.

Ihr Mann schäumte immer noch, aber Elsa war recht guter

Dinge, als sie endlich auf das Sparkassengebäude zuhielten, hinter dem der Parkplatz lag.

In einer Ecke unter dem schützenden Vordach saß ein Bettler auf einem Lumpenhügel und hielt seine in der Kälte blau angelaufene Hand auf. Der Kopf, über den er sich eine dicke Pudelmütze gezogen hatte, hing tief auf seiner Brust.

Hier wirst du bald nichts mehr erben, du Ärmster, dachte Elsa, denn sie hatte erst neulich in der Zeitung gelesen, dass Betteln im Stadtbezirk verboten worden war. Die Polizisten werden dich vertreiben oder mitnehmen und einsperren. Letzteres wäre wohl nicht das Schlechteste, denn dann hättest du es wenigstens warm.

Das Schicksal des Bettlers ging ihr zu Herzen. Eilig kramte sie in ihrer Manteltasche nach der Ein-Euro-Münze, die sie für die Einkaufswagen bei Aldi, Rewe und Konsorten dort aufbewahrte, und legte sie in seine Hand. Als er aufsah, blickte Elsa in die blauesten Augen, die ihr jemals untergekommen waren.

Elsa hatte eigentlich gedacht, dass sich die Sache mit dem Christkindelmarkt nach dem Diebstahl der Geldbörse für dieses Jahr erledigt hätte, aber kaum brannte die zweite Adventskerze, blies ihr Mann erneut zum Aufbruch.

Erstaunlicherweise hoben sich Elsas Mundwinkel zu einem Lächeln, als sie diesmal in ihren Daunenmantel schlüpfte. Würde sie den Weihnachtsmann mit den Schokoladentäfelchen wiedersehen?

Auf dem Christkindelmarkt waren die Geldbörsen-Diebstähle, die sich die ganze Woche über fortgesetzt hatten, noch immer Tagesgespräch. Die Jungen hatten sich als unschuldig erwiesen, ebenso wie einige andere Jugendliche, die sich auf diese oder jene Weise verdächtig gemacht hatten. Dafür hatte man ein paar anderweitige Vergehen aufgedeckt: In der Kripperlfigurenbude hatte man – zwischen Ochs und Esel in Holzwolle verpackt – etliche Päckchen der Modedroge Crystal Meth aus Tschechien gefunden; ein Sprayer war erwischt worden; ein Afrikaner ohne Kennkarte …

Elsa mochte nicht mehr zuhören und wandte sich von der Gruppe am Glühweinstand ab, der ihr Mann sich angeschlossen hatte.

Schräg vis à vis, bei den Strohsternen, entdeckte sie den Weihnachtsmann, der wieder Schokoladentäfelchen verteilte. Elsa beobachtete ihn mit warmherzigen Blicken und registrierte, dass er das rechte Bein nachzog und angespannt wirkte, als wäre er vor etwas auf der Hut.

Während sie noch überlegte, was ihn beunruhigen könnte, sah sie seine rechte Hand in der Jackentasche eines älteren, gut gekleideten Herrn verschwinden, der soeben von seiner Begleiterin an die Verkaufstheke gezogen wurde. Einen Lidschlag später kam die Hand mit einem Gegenstand – Elsa zweifelte nicht daran, dass es sich um die Geldbörse des Herrn handelte – wieder zum Vorschein und tauchte im nächsten Augenblick in dem Sack mit den Schokoladentäfelchen unter.

Elsa musste lachen. So also funktionierte die Sache. Erstaunlich war nur, dass noch niemand auf die Idee gekommen sein sollte, den Weihnachtsmann zu überprüfen. Oder hatte sie ihre Beobachtung falsch interpretiert? Spontan beschloss sie, den vermeintlichen Geldbörsendieb zu observieren.

Sie folgte ihm an den Bratwürschtelstand, wo seine diebischen Finger wieder in Aktion traten, was Elsa jedoch mehr erahnte, als dass sie es tatsächlich sah. Im Laufe der nächsten halben Stunde verfolgte sie ihn über den ganzen Platz, und irgendwann merkte sie, dass er auf das Ende der Budengasse zustrebte.

Jetzt versprach die Sache, interessant zu werden. Außerhalb der Marktzone patrouillierten Polizisten. Wohin würde der Dieb sich wenden?

Elsa schaute sich suchend um, und das war ein Fehler. Als sie den Blick wieder auf den Weihnachtsmann richten wollte, hatte der sich in nichts aufgelöst wie die Schneeflocken auf dem Würschtelgrill. Kopfschüttelnd kehrte sie zu ihrem Mann zurück, der inzwischen in Begleitung seiner neuen Bekannten zur Gewürzbude weitergezogen war.

»Über hundert Geldbörsen soll der Kerl gestohlen haben«, berichtete der Gewürzhändler soeben allen, die es hören wollten.

Später, auf dem Weg zum Wagen, sah Elsa wieder den Bettler vor der Sparkasse auf seinem Lumpenhaufen sitzen und wunderte sich, dass die Polizisten ihn noch nicht verscheucht hatten. Vermutlich tat er ihnen leid. Diesmal legte sie ein Zwei-Euro-Stück in seine Hand.

Elsas Mann bestand auch in der dritten und vierten Adventswoche darauf, den Christkindelmarkt im Kaff zu besuchen, und Elsa erstaunte ihn, indem sie sich williger darauf einließ als je zuvor. Die Aussicht, Gewissheit zu erlangen, bevor sie ihren Verdacht aussprach, übte eine magische Anziehungskraft auf sie aus.

Doch ihre Hoffnung, den Weihnachtsmann noch einmal beschatten zu können, erfüllte sich nicht. Also blieb Elsa nichts anderes übrig, als sich im Kielwasser ihres Mannes zu allen möglichen Leuten zu gesellen, die im Glühweindunst beisammenstanden und über Gott und die Welt palaverten.

Meist kam das Gespräch früher oder später auf den Geldbörsendieb, der offenbar im ganzen Bezirk auf Christkindelmärkten auf Beutezug war, jedoch bisher nicht gefasst werden konnte.

Elsa hatte zu dem Thema nie etwas beizutragen, und wenn sie und ihr Mann den Heimweg antraten, saß nicht einmal mehr der Bettler vor der Sparkasse.

Irgendwann war auch die Adventszeit so gut wie vorüber, und Elsa hätte sie abhaken können, wäre nicht noch das Singspiel im Heim für körperbehinderte Kinder zu besuchen gewesen. Sie konnte sich vor der Veranstaltung nicht drücken, weil sie dem Förderverein angehörte, dem sie beigetreten war, ohne ihren Mann darüber zu informieren. Manchmal war es einfach besser, Themen, die zu Differenzen führen konnten, erst gar nicht anzuschneiden und stillschweigend zu tun, was man für richtig hielt.

Die Aufführung fand am frühen Nachmittag des 22. Dezembers statt. Elsa belegte den Platz am Ende der zweiten Reihe, der direkt am Ausgang lag. Neben ihr befand sich ein Hocker, auf dem bis vor Kurzem noch ein Blumentopf gestanden haben musste, denn die Oberfläche wies eindeutig dunkle Erdränder auf.

In diesem Jahr hatte man sich im Heim mit dem Einstudieren des Stückes ganz besondere Mühe gegeben, weil man auf großzügige Spenden hoffte, die dringend notwendig waren. Das Dach der Turnhalle war marode, über dem Haupteingang bröckelte der Putz, der hauseigene Kleinbus war schrottreif, und die Kommune hatte kein Geld.

Die Kinder machten ihre Sache wirklich gut, das Publikum war zu Tränen gerührt.

Nach der Vorstellung betrat der Sparkassendirektor die Bühne und überreichte der Heimleiterin einen Scheck über tausend Euro. Auch der Chef der Hypobank schloss sich ihm an, und etliche Vereinsvorstände und Geschäftsinhaber folgten.

Elsa dämmerte vor sich hin, bis … bis ein Weihnachtsmann die Stufen zur Bühne erklomm, wobei er das rechte Bein ein wenig nachzog. Mit einem Ruck richtete sich Elsa auf. Sie hätte schwören können … Aber nein, das konnte nicht sein, oder doch?

Der Weihnachtsmann schüttete seinen Sack aus, Hunderte von Schokoladentäfelchen ergossen sich vor die Füße der Kinder, und inmitten dieser goldfarbenen Flut kam ein längliches Paket zu liegen. Der Weihnachtsmann bückte sich, hob es auf und reichte es der Heimleiterin. Einen Moment lang sah sie es überrascht an, dann öffnete sie die Verpackung, und ein dickes Geldbündel kam zum Vorschein.

»Das muss ein Haufen Geld sein«, begann es in den Zuschauerreihen zu summen, aber das Getuschel verstummte gleich wieder. Die Kinder hatten »O du fröhliche, o du selige …« angestimmt, der Weihnachtsmann winkte ihnen zum Abschied zu, verließ die Bühne und suchte das Weite.

Elsa sprang auf, um ihm zu folgen, und stieß gegen den Hocker, der polternd umfiel, was unter den Zuschauern ein unwilliges Murren hervorrief. Ein Grund mehr, sich eiligst davonzumachen.

Sie hetzte einen verlassenen Flur hinunter, bog um eine Ecke und kam schlitternd zum Stehen.

Der Weihnachtsmann hatte sein Habit abgelegt und in den leeren Sack gestopft, richtete sich soeben auf und sah Elsa mit saphirblauen Augen an.

Der Bettler und der Weihnachtsmann! Sie waren ein und dieselbe Person! Der Weihnachtsmann musste nach seinen Beutezügen in einer dunklen Ecke sein Habit zum Diebesgut in den Sack gestopft und sich damit in den Bettler verwandelt haben, dem ebendieser Sack als Sitzpolster diente.

So hat sich das also abgespielt, dachte Elsa.

Der Weihnachtsmann, der soeben ein neues Turnhallendach für das Behindertenheim finanziert hatte, schien zu ahnen, was in Elsa vorging, denn seine blauen Augen flackerten ängstlich.

Elsa lächelte ihm verschwörerisch zu.

Da streckte er ihr die Hand entgegen, und sie schlug ein, ohne zu zögern.

Robert Preis

Das Geschenk

Mit dem kalten Wind von draußen huscht eine Gestalt in den Flur. Sie schließt die Tür sanft und ganz bewusst hinter sich und verharrt anschließend einen Moment lang. Es ist dunkel im ganzen Haus. Die Gestalt atmet gleichmäßig.

Die Finsternis verschlingt die Umrisse der Gegenstände, und es dauert eine Minute, bis sich der Eindringling weiter vorwagt. Jetzt haben sich seine Augen an die Umgebung gewöhnt, das Abendlicht der Stadt, das sich aus Straßenbeleuchtung, Hoflichtern der Siedlung und vorüberfahrenden Fahrzeugen speist, reicht aus, um gerade noch im Dunkeln sehen zu können. Gut genug jedenfalls, um nicht gegen das erstbeste Möbelstück zu rennen.

Der Schatten dringt immer tiefer in den ihm fremden Lebensraum ein und durchquert den Flur, der vom Stiegenhaus durch eine Tür abgetrennt ist. Er tastet nach der Klinke, drückt sie hinunter und stellt zufrieden seufzend fest, dass sie verschlossen ist. Also wendet sich der Schatten ab, geht durch einen Raum, der leicht als Küche erkennbar ist, und steht im Wohnzimmer.

Etwas hat sich verändert. Die Beschaffenheit des Bodens unter seinen Füßen ist anders, die nachgiebige Konsistenz eines weichen Teppichs hat das harte Parkett abgelöst. Vor den Fußspitzen des Schattens liegt ein Hindernis, also geht er in die Knie, nestelt mit klammen Fingern in seinen Taschen nach einem Gegenstand. Er findet ihn, und Sekunden später sticht eine Flamme durch die Finsternis. Hinter der Flamme ist das Gesicht eines Mannes mit dichten Augenbrauen zu sehen, der abschätzig seine Umgebung absucht. Die Gegenstände, die er wahrnimmt, hat er erwartet.

Vor ihm steht ein Baum im Zimmer. Eine viel zu mächtige Tanne, die Möbelstücke an den Rand drängt und deren Nadeln jetzt schon den Boden bedecken. Sie nimmt wie selbstverständlich den Raum ein, so als hätte sie ein – *Selbst*. Wie eine in die Jahre gekommene Dame mit schwerem Schmuck behangen steht sie da und starrt den fremden Mann an. So als würde sie ihn verachten, was natürlich ein dummer Gedanke ist. Warum sollte die Tanne so für ihn empfinden? Warum sollte sie überhaupt etwas fühlen?

Das Feuerzeug wird heiß, und die Flamme erlischt. Der Fremde nimmt den Daumen in den Mund und lutscht den kurzen Schmerz weg. Er erinnert sich daran, dass er, bevor die Flamme ausgegangen ist, auch einen gedeckten Tisch gesehen hat. Mit sechs oder sieben Gläsern. Und mit einem mit Rotwein gefüllten Dekanter, liebevoll gefalteten Servietten, glänzendem Besteck, weißem Geschirr, und drum herum, vielleicht in einer Kredenz, war alles voller Engelsfiguren, weiße, goldene und silberne Kreaturen, die diese Zeit des Jahres dominieren.

Sein Magen rebelliert vor Aufregung. Immer wenn er sich aufregt, tut er das. Und um diese Zeit im Jahr regt er sich häufig auf. Denn dies ist seine Zeit. Sein großer Auftritt.

Er erinnert sich auch daran, was er unter dem Baum, vor seinen Fußspitzen, gesehen hat. Keine Überraschung, lediglich dieselbe dralle, aufreizende und aufdringliche Buntheit, die jedes Jahr aufs Neue aus einer üppig mit Gehänge verzierten Tanne eine lächerliche Karikatur machte.

Beiwerk eines Rituals. Ein Haufen aus Geschenken. Seiner Meinung nach viel zu viel. Früher gab es weniger. Früher waren sie alle mit weniger zufrieden. Sie kannten nicht mehr, wussten nichts vom Überfluss. Luxus war nicht einmal ein vages Gefühl, bestenfalls ein Traumbild.

So kommt er sich jetzt auch vor. Wie eine Traumfigur in einem Traum. Als solche dreht er erneut an dem Rädchen des Feuerzeugs, erweckt die Flamme abermals zum Leben und betrachtet den Raum diesmal etwas genauer: Alles ist bereit. Die mit buntem Papier verpackten Schachteln, der Baum, die zurechtgemachte Eitelkeit der Bewohner dieses Raums. Weiter hinten erkennt er im Schatten des ins Dunkel auslaufenden Lichtscheins die übergroße Schale mit den Brötchen, dazu gewaltige Keksdosen und ein Fotoapparat, der bereitgelegt auf seinen Einsatz wartet. Die Traumfigur lächelt. Auf dem Objektiv befindet sich noch die Abdeckkappe. Der Fotograf wird sie vergessen und so die Chance auf einen Schnappschuss vergeben. Hektisch wird er daran herumfingern, während die Sprühkerzen abbrennen und das Leuchten in den Augen der Kinder verblasst. Vielleicht wird er auch unpassend fluchen und damit »O Tannenbaum« oder »Es wird scho glei dumpa« stören. Ob der Ausdruck des Erstaunens in den Kindergesichtern noch länger zu sehen sein wird? Wenigstens bis zu »Stille Nacht«? Mit Bestimmtheit sogar. An diesem Abend werden Kinder lange staunen. Schon allein für die Kamera. Für die Erinnerung. Ein Staunen für die Ewigkeit.

Wie auf ein Stichwort schreckt ein Poltern aus dem oberen Stockwerk den Nachdenkenden auf. Die Kinder. Natürlich, sie warten in ihrem Zimmer auf die Bescherung. Mittlerweile werden sie den Fernsehapparat wohl ausgeschaltet haben und auf jedes Geräusch achten, vor allem aber auf jenes sanftaufgeregte Läuten des Glöckchens. Des kleinen Glöckchens, das er jetzt ebenfalls auf dem Tisch entdeckt.

Wenn das Christkind fertig ist, wird es läuten.

Er lächelt versonnen. Was für ein dämlicher Brauch. Was für eine kaltschnäuzige Lüge.

Aus einem plötzlichen Impuls heraus will er das Glöckchen läuten, sich mit den Kindern einen Spaß erlauben. Aber er hält sich gerade noch zurück. Das würde alles zunichtemachen. Die ganze Überraschung. Den Zauber dieser Nacht.

Er lässt die Flamme neuerlich ausgehen.

Jedes Jahr ist er der Zauberer dieser Nacht. Und jedes Jahr fragt er sich aufs Neue, warum er sich das eigentlich antut.

Warum steht er hier im Dunkeln, versteckt sich, warum starrt er jedes Mal minutenlang auf dämlich dekorierte Tannen, ehe er zur Tat schreitet? Warum erledigt er nicht einfach, wozu er gekommen ist, und geht wieder? Einfach weiter, schnurstracks von Haus zu Haus.

Wieder ertönt ein Poltern von oben und reißt den Zauberer aus seinen Gedanken.

Wie auf ein Stichwort greift er in seinen großen Rucksack und zieht Dinge heraus. Licht benötigt er dafür nicht, er weiß, wo er was für wen verstaut hat. Wie ein Soldat sich in der absoluten Dunkelheit zurechtfindet, so findet sich auch der Zauberer dieser Nacht fast blind zurecht.

Seine Handgriffe sind präzise, und mit jedem Gegenstand, den er sich greift, murmelt er die Person, für die er bestimmt ist. Für den Vater die Pistole, für die Mutter das Messer, für die Großmutter die Eisenstange, für die Kinder das Gift … Für jeden ist etwas dabei. Die Überraschung wird ihm gelingen. Sie wird nicht lange anhalten, denn die Muße dafür haben die wenigsten, aber sie wird groß sein.

Ehe der Zauberer zur Tat schreitet, wägt er die Wirkung seines Zaubers noch einmal ab.

Ein bisschen Wehmut steigt in ihm auf, denn seine Geschenke haben selten den gewünschten Effekt. In den seltensten Fällen sterben die Menschen gern. Sie flehen ihn immer an, am Leben bleiben zu dürfen. Gerade zu Weihnachten sei das doch eine Untat. Wieder seufzt er auf. Seine Wangen glühen. Die Geschenke wiegen schwer in seiner Hand. Warum kann es kaum jemand schätzen, wenn das Leben, diese unsägliche Aneinanderreihung peinlicher Rituale wie Weihnachten, endlich zu Ende geht?

Schließlich geht er ans Werk wie jemand, der eine Entscheidung getroffen hat. Wie ein Tier, das die Witterung aufgenommen hat.

Das Tier stiehlt sich durch die fahle Abendwelt. Behände huscht es zwischen den Möbelstücken hindurch, ist aber doch nicht geschickt genug, um zu verhindern, dass sein großer Rucksack gegen das Glöckchen stößt. Es rutscht zwei Zentimeter zur Seite auf die Tischkante zu, das Tier wirbelt herum, reißt die Augen auf, aber es ist zu spät.

Das Glöckchen fällt vom Tisch und fällt klirrend auf den Boden. Sein Klang ist durchdringend. Süßlich. Falsch. Und nervig.

Stille legt sich über das Haus, eine Stille, die an angstvolles Luftanhalten erinnert.

Dann setzt das Poltern ein. Das freudige Rufen. Das Drängeln vom Stiegenhaus her, das sich der verschlossenen Tür nähert.

Der Teufel mit seinem Rucksack richtet sich auf. Noch einmal geht er in Gedanken durch, was zu tun ist. Ob er auch mit dieser Situation zurande kommt? Wenn alles außer Kontrolle gerät und die Opfer alle auf einmal vor ihm stehen? Welches Geschenk ist noch einmal für wen bestimmt?

Die Klinke wird gedrückt, jemand ruft in den Tumult hinein, wahrscheinlich die Mutter: »Wartet doch, so wartet doch!«

Dann der Schlüssel, der sich im Schloss dreht, und die Tür, die auffliegt und den Blick auf eine Handvoll Kindergesichter freigibt, die voller Erwartung in den Raum stürzen. Sie erhoffen sich Magie, etwas Außergewöhnliches, wenigstens etwas Wunderbares.

Was sie nicht sehen, ist die andere Tür des Zimmers, die sich sanft von außen schließt. Wie ein Hierhergehörender schließt er sie hinter sich. Sanft und sacht, als wolle er niemanden auf sich aufmerksam machen. Nicht in dieser Nacht. Und ganz bestimmt will er nicht auf diese Weise entdeckt werden. Dieses dumme Glöckchen. Es hat ihm seine Überraschung versaut. Seinen Plan durchkreuzt.

Leise fluchend verschwindet der Zauberer in dem Nebel der Nacht.

Als der Vater aus dem Schuppen kommt, reckt er voller Stolz einen Kabelsalat in die Luft. Er hat die elektrische Beleuchtung gefunden und will dem Baum damit die letzte Würde nehmen. Voller kindlicher Vorfreude eilt er über die Wiese auf das Haus zu, öffnet die Terrassentür ganz leise, huscht hinein und erstarrt im Wohnzimmer zur Salzsäule.

Kinder und Frau schauen ihn an, als hätte er ihnen eine Illusion genommen. Kein Wunder, denn genau das hat er soeben getan.

»Was macht ihr denn hier?«, will er wissen.

»Wir haben das Läuten der Glocke gehört!«, rufen die Kinder.

Die Kleine weint. »Es brennen gar keine Kerzen.«

»Aber ich war ja noch gar nicht fertig«, sagt der Vater. Als er nervös das Standbein wechselt, stößt er mit dem Fuß gegen das am Boden liegende Glöckchen. »Was macht das denn da?«

Noch immer wimmert der Kleine. »Es hat das Glöckchen vergessen, das Christkind hat das Glöckchen vergessen.«
Auch das noch.

Das Christkind.
War er etwa heute das Christkind? Durch die immer noch offene Terrassentür hat er den Jungen weinen gehört. Das Christkind habe das Glöckchen vergessen. War er also heute das Gute? Ein seltsames Gefühl ist das jedenfalls, denkt sich das »Christkind«.
Schenken statt wegnehmen.
Nachdenklich steckt es die Dinge, die nichts für kleine Kinder sind, wieder zurück in den Rucksack.
Manchmal sind die größten Geschenke jene Dinge, die man nicht gibt.

Sabine Lennkh

Salzkammergut-Optik oder: Der Weihnachtsbaum im Garten

Herr Winterberg war zufrieden. Überaus zufrieden sogar. Mit einem höchsten Maß an Wohlgefallen ließ er seinen Blick über das Gebäude und den großzügigen Garten schweifen. Welch eine Pracht, die nun endlich wieder in altem Glanz erstrahlen konnte. Herr Winterberg hatte eine bereits recht marode Salzkammergutvilla von 1903 erneut in ein attraktives Kleinod verwandelt, das nun in der blassen winterlichen Sonne in frischer Aufmachung stolz und selbstbewusst im für die Region typischen Kaisergelb leuchtete, gerade so, als wollte das Haus sagen: »Schaut mich an, bin ich nicht eine Augenweide?«

Insbesondere dieser seit Kaiser Joseph II. und dem Ende des 18. Jahrhunderts ausnehmend populäre und inzwischen längst klassische Ockerton verlieh dem repräsentativen Landhaus eine Art inneres Glühen, eine Wärme, die durch die weißen Faschen um die Fenster herum noch betont wurde und das Gebäude trotz seiner doch recht beeindruckenden Größe einladend, freundlich und behaglich wirken ließ. Grüne Fensterläden zierten die teils hohen Fenster und Portale, und die dunklen Holzarbeiten der Laubsägearchitektur der Veranden und Balkone rundeten das Bild formvollendet ab und gaben dem Bauwerk sein unverwechselbares Gepräge von ländlicher Eleganz, die zugleich von einer bodenständigen Leichtigkeit gekennzeichnet war. Das Gebäude fügte sich wie schon vor über hundert Jahren vorbildlich in sein malerisches Umfeld ein, denn links wie rechts wurde es von ähnlich gediegenen Anwesen eingerahmt.

Herr Winterberg war entzückt. All seine Hingabe, die nicht unerheblichen Mühen wie auch das massive finanzielle Engagement hatten sich gelohnt. Die Optik war mustergültig, und selbst ein so romantischer und von Touristen aus aller Welt mit begeisterter Schwärmerei heimgesuchter Ort wie seine in der Tat einmalige und wunderschöne neue Wahlheimat konnte über Herrn Winterbergs uneingeschränkten Eifer im Hinblick auf die Revitalisierung des historischen Baues nur hocherfreut sein. Ja, man durfte sich in diesem Zusammenhang nicht täuschen, sein persönlicher Einsatz kam auf diese Weise natürlich auch direkt der Bewahrung der Sehenswürdigkeiten und damit der Erhaltung der Anziehungskraft der Stadt für die Besucher von nah und fern zugute. Bei diesem Gedanken öffnete sich Herrn Winterbergs Herz, und er fühlte sich beinahe rührselig ergriffen. Er sah sich schon als Wohltäter und Gönner der Gemeinde, ein Philanthrop, völlig der Denkmalpflege und der kostbaren Erinnerung an eine bedeutungsschwere Vergangenheit verbunden.

Heute würde er vor dem Haus noch die prachtvolle, ebenmäßig gewachsene Nordmanntanne, die er extra für diesen Zweck angeschafft hatte, mit elektrischen Weihnachtskerzen schmücken, dann wäre das Bild perfekt. Oder nahezu perfekt, denn in den letzten Tagen hatte das Thermometer oft zehn Grad und mehr angezeigt. Aber bis Weihnachten war noch ein wenig Zeit, und das Wetter konnte sich schnell ändern. Zumindest konnte man von der südlichen Veranda aus bereits verschneite Berggipfel sehen und trotz dieser heuer sehr milden Adventszeit von weißen Weihnachten träumen.

Frau Winterberg stand derweil im Wohnzimmer und machte einen eher mürrischen Eindruck. Zufriedenheit sah

fraglos anders aus. Ihr war das Renovierungsprojekt ihres
Mannes vom ersten Tag an ein Dorn im Auge gewesen. Und
das nicht nur wegen der immensen Kosten, die mit der von
ihrem Mann und einer ganzen Armee von Handwerkern aus
der Umgebung mehr als akribisch durchgeführten Restaurierung dieses »alten Kastens«, wie sie die Villa respektlos nannte,
einhergegangen waren. Wobei es sich in diesem Fall um ihr
Geld handelte, das nur nebenbei bemerkt. Grimmig blickte
sie in den Garten, wo ihr Gatte gerade diesen lächerlichen
Tannenbaum zu bewundern schien. Unruhig, ja fast ungeduldig drehte sie an ihrem Ehering. Mit Lichtern wollte er
ihn zum Christbaum umfunktionieren. Pathetischer konnte
eine Idee gar nicht sein. Langsam hatte sie das Gefühl, dass
ihr Mann zu einem zum Größenwahn tendierenden, selbstgefälligen und sich selbst überschätzenden Sentimentalisten
mutierte.

Wie herzlich gern wäre Frau Winterberg dem ganzen
Getue um das alljährliche Weihnachtsfest entflohen und
hätte mit ihrem Mann, wenn dieser denn überhaupt mit
von der Partie sein musste, eine Kreuzfahrt in tropischen
Gefilden gemacht. Im Mittelmeer oder, besser noch, in der
Karibik. Aber ihr Gatte hatte sich seit seiner Pensionierung
von einem abenteuerlustigen, unbekümmerten und leichtherzigen Globetrotter zu einem regelrechten Reisemuffel
entwickelt, und nachdem er vor etwas über zwei Jahren noch
dazu diesen bereits etwas baufälligen und arg sanierungsbedürftigen alten Kasten entdeckt hatte, betätigte er sich nur
mehr als kreativer, überemsiger und zudem – und das war
das Schlimmste – absolut bornierter Bauherr. Er war dem
alten Kasten regelrecht verfallen, wenn man das so sagen
konnte. Wie besessen hatte er sich von diesem Moment
an starrsinnig und komplett kompromisslos immer tiefer in

seinen Wunschtraum von einem Heim in einer betagten, idyllischen und geschichtsträchtigen Salzkammergutresidenz hineingesteigert. Was für eine naive Illusion!

Vielleicht sollte sie wirklich in Erwägung ziehen, endlich etwas allein zu unternehmen. Sich emanzipieren! Hinlänglich alt dafür war sie nun allemal, und verdient hätte sie es auch, nach ihrem eigenen Sinn und Geschmack zu leben. Das wäre es doch, oder?

Herr Winterberg machte noch eine letzte Runde durch den Garten und fischte aus dem Postkasten am Tor einen weiteren Zettel der »Aktion zur Rettung des ursprünglichen, heimatlichen Gartens«, die sich vehement für die Förderung alter, etablierter und für die Gegend charakteristischer Pflanzen und Gewächse einsetzte. Sein Kopf lief leicht rot an, als er sah, wessen Flugblatt er da in der Hand hielt. Mehrmals in den vergangenen Monaten hatten die unermüdlichen und ungemein beharrlichen Anhänger dieser örtlichen Bewegung Herrn Winterberg bereits auf seine etwas exotische Auswahl an Blumen und die generelle Begrünung des Gartens, die eher nicht lokal ausgerichtet war, angesprochen. Und zwar kritisch angesprochen. Als ob jeder ein Recht dazu hätte, sich in seine ureigensten Entscheidungen bei der Zusammenstellung der Grünpflanzen auf seinem Grundstück einzumischen! Wobei, Palmen und Oleander in Blumentöpfen, das hatte doch Tradition. Da konnte nun wirklich niemand etwas monieren. Palmen und Oleander waren nicht nur nett anzusehen, sondern verliehen den Terrassen und Treppenaufgängen in den Sommermonaten zudem eine Art südländisches Flair. Und auch sonst hatten einige fremdländische Stauden und Büsche ihren Weg in die diversen Rabatten und Beete der Villa gefunden und damit die bunte Vielfalt seines kleinen Refugiums in seinen Augen sichtlich bereichert. Was sich seiner Meinung nach nur umso mehr bestätigte, wenn man diese Gartengestaltungskontroverse beziehungsweise ganz konkret seinen nicht sehr großen, aber dennoch exklusiven und beinahe herrschaftlichen Park mit einer gewissen weltoffenen und unprovinziellen Vorurteilslosigkeit betrachtete. Ja, so sah er das. Da konnte kommen, wer wollte. Herr Winterberg knüllte das Pamphlet des »Gartenvereins« zusammen, steckte es in die Manteltasche und marschierte festen Schrittes zum Haus zurück.

Der frühe Abend verlief ereignislos. Herr Winterberg machte noch einen kurzen Spaziergang über den verträumten und beschaulichen Adventsmarkt der Stadt und gönnte sich wie eigentlich jeden Tag einen dampfenden und köstlichen Glühwein. Seine Frau hatte wie immer nicht mitkommen wollen. Ihr war all dieser Weihnachtsrummel zuwider, und sie konnte den verschiedenen traditionellen Ständen mit der angebotenen Handwerkskunst, dem Hüttenzauber und auch den regionalen kulinarischen Verlockungen nichts abgewinnen. Herr Winterberg fand diesen Umstand sehr bedauerlich, denn für ihn spiegelte all dies Heimat und Geborgenheit wider und gab ihm das Gefühl von Zuhause.

Auch der »Gartenverein« hatte auf dem Markt einen Klapptisch aufgestellt und mehrere Plakate aufgehängt, auf denen in dicken verschiedenfarbigen Buchstaben Aufrufe prangten: »Rettet unsere Heimatpflanzen!«, »Schenkt euren Gärten den ursprünglichen Charakter wieder!«, »Boykottiert die Exoten!«.

Als einer der Aktivisten Herrn Winterberg erspähte, wollte er ganz spontan und ohne zu zögern sofort auf ihn zusteuern. Zum Glück bemerkte Herr Winterberg dessen Absicht noch rechtzeitig, um schnell hinter einem mit entzückenden althergebrachten Holzschnitzereien, Strohengeln und goldenen Christbaumkugeln verzierten Weihnachtsbaum zu verschwinden, von denen etliche über den gesamten Platz verteilt standen und für die Herr Winterberg in diesem Augenblick ausnahmsweise einmal keine Aufmerksamkeit aufbringen konnte.

Schade, dass sich auch im späteren Verlauf dieses Abends kein Frieden zu Herrn und Frau Winterberg ins Haus gesellen wollte. Die stille Adventszeit, die zur innerlichen Einkehr einladen sollte, brachte keine besinnliche Stimmung in die alte Villa, sondern eher und für beide Beteiligten gänzlich unerwartet das Gegenteil. Eigentlich waren Auseinandersetzungen für das Ehepaar Winterberg keine Alternative. Zumindest normalerweise nicht, denn sie waren bereits zu lange verheiratet. Jeder machte sich so seine Gedanken, insbesondere dann, wenn sie in ihren Ansichten nicht übereinstimmten, was in den vergangenen zwei Jahren immer öfter der bitteren Wahrheit entsprach, und dabei ließen sie es dann auch meist bewenden. Aber heute war alles anders.

Schon als Herr Winterberg vom Weihnachtsmarkt heimkam, schien sich die Welt irgendwie gewandelt zu haben. Wie rechteckige silberne Schlagschatten fiel das Licht aus den Wohnzimmerfenstern nach draußen in den Garten und hüllte auch den am Nachmittag von ihm noch sehr bedächtig und mit viel Mühe mit den elektrischen Weihnachtskerzen dekorierten Tannenbaum ein, der mit der geringen Leuchtkraft seiner kerzenartigen Lämpchen in dem hellen Schein schlichtweg verblasste.

Als Frau Winterberg ihren Mann das Haus betreten hörte, bekam sie Gänsehaut. So konnte es nicht weitergehen. Minuten später betrat er den Salon. Klein und schmächtig, wie er war, wirkte er auf sie unvermittelt wie ein Zwerg. Ein kleiner, grimmiger, verbohrter Zwerg, gegen den man sich aufbäumen musste. Jählings wurde alles in Frage gestellt, erst von ihr, dann auch von ihm, sie begannen wahrhaftig zu disputieren, und ehe sie sich's versahen, stritten sie. Sie stritten über das wunderschön hergerichtete Haus, entzweiten sich über Mittelmeerkreuzfahrten und mit Lichterkerzen kitschig ausstaffierte Weihnachtsbäume. Sie stritten, als gäbe es kein Morgen mehr, und schieden schließlich zutiefst aufgewühlt und in Unfrieden voneinander.

Abrupt hatte sich vor ihnen ein Abgrund aufgetan, während die eher schlanke, aber sehr gefällige und nun dezent festlich geschmückte Nordmanntanne sanft und überaus unaufdringlich versuchte, ihre hoffnungsvollen, ermutigenden und tröstenden Lichtzeichen in den sternenklaren Adventhimmel zu senden.

Am nächsten Morgen zeigte ein Blick aus dem Fenster und hinaus über die Verandabrüstung in den Vorgarten, dass der Schnee weiterhin auf sich warten ließ, dafür aber die herzige Nordmanntanne über Nacht augenscheinlich einem dünnen Holzpflock gewichen war, denn sie war spurlos verschwunden. Der weiche Boden, in dem gestern noch der Ballen des Weihnachtsbaumes sicher vergraben gewesen war, war glatt und zeigte keine weiteren Hinweise auf Fremdeinwirkung, keine Fußspuren oder was auch immer. Lediglich die Kette mit den elektrischen Weihnachtskerzen, die nun vereinsamt auf der feuchten Erde lag, zeugte davon, dass hier wohl einmal ein Weihnachtsbaum gestanden haben musste.

Angeheftet an den Holzpflock, der eher wie eine etwas zu dick geratene Bohnenstange aussah und, wie es den Anschein hatte, wütend wie ein Kriegsschwert in den Grund gerammt worden war, konnte man einen zerknitterten Zettel entdecken. Da dessen Vorderseite bereits bedruckt war, hatte jemand mit einem schwarzen Marker, ähnlich denen, die man auch im Stiftebecher von Herrn Winterberg auf dessen Schreibtisch in der Villa finden konnte, hastig etwas auf die Rückseite geschrieben. Das schmale Blatt war mit ungelenken, krakelig und hüpfend wirkenden, hingeschmierten Buchstaben bedeckt, die absolut keine Ähnlichkeit mit der ausgewogenen, schwungvollen und schönen Handschrift des Herrn Winterberg hatten. Und auch keine Ähnlichkeit mit der gleichmäßigen, wenig ausgeprägten Schulmädchenhandschrift von Frau Winterberg.

Zu lesen war auf dem zerknüllten, bräunlich verfärbten Papier: »Tannenbäume gehören in den Wald und nicht in den Garten!!!«

Wenn man gesucht hätte, dann hätte man den hübschen, kleinen Weihnachtsbaum tatsächlich in gar nicht allzu großer Ferne am nahen Waldrand unweit der Straße gefunden, die frischen, relativ weitläufigen Grabspuren mit altem, schon leicht verrottendem Laub bedeckt.

Wenn man ihn gefragt hätte, dann hätte Herr Winterberg wahrscheinlich geantwortet, dass seine Frau kurz entschlossen zu einer Weltreise aufgebrochen war.

Wenn man sie gefragt hätte, dann hätte Frau Winterberg wahrscheinlich geantwortet, dass sich ihr Mann in ein neues Objekt verliebt hatte und nun schon die nächste Renovierung plante. Leider aber diesmal in Tirol.

Doch bedauerlicherweise waren beide nirgendwo aufzufinden, als dass man ihnen solche Fragen hätte stellen können.

Wenn man dafür mit den Mitgliedern der »Aktion zur Rettung des ursprünglichen, heimatlichen Gartens« gesprochen hätte, hätte man erfahren, dass ein Weihnachtsbaum im Garten vielleicht – ganz ausnahmsweise – doch zu tolerieren war.

Wobei, den Baum auszugraben und zurück in den Garten zu holen, das wäre zumindest aus der Sicht einer der beiden beteiligten Personen nicht mehr wirklich angeraten gewesen.

Jeff Maxian

Letzte Worte für Rudi

Liebe Bürger und Bürgerinnen. Lieber Pfarrer, liebe Gemeindevertreter. Werte Trauergemeinde. Liebe Freunde.
An diesem schönen, sonnigen Tag, dem 29. Dezember, unmittelbar nach Weihnachten, wäre ich als Bürgermeister unserer schönen Gemeinde lieber Ski in unseren nahe liegenden Bergen gefahren, als hier einen von uns allen lieb gewonnenen Freund und Kameraden an seinem Grabe zu verabschieden. Das könnt ihr mir glauben.

Also, heute ist zwar ein Sauwetter, und es ist kalt, aber wie ich die Rede gestern geschrieben habe, hatten wir noch Sonnenschein. Also weiter, wo bin ich stehen geblieben? Ach ja, da haben wir's ja.

Aber so ist das Leben, der eine kommt, der andere geht. Die kleine Resl Mitterlehner ist uns am 22. Dezember in unserer Gemeinde geboren worden, und Hauptbrandinspektor und Brandrat Rudolf Renner, den wir heute verabschieden, hat uns am 24. Dezember im zweiundsechzigsten Lebensjahr für immer verlassen. Just am Heiligen Abend, den er so sehr geliebt hat.

Ja, also, jetzt werde ich meinen geschriebenen Text wieder unterbrechen. Wir sind ja auch unter uns, deshalb lasse ich das Förmliche ganz einfach weg. Wäre ja auch nicht im Sinne von Rudi, er war doch im Grunde ein einfacher Kerl. A grader Michl, wie er im Buche steht.

Wo soll ich anfangen? Ist gar nicht so einfach. Er war ja schon auch ein bunter Hund, sein Leben voll von Action, Sport und spannenden Momenten. Manche sagen, er war ein Sauhund. Vor allem das weibliche Geschlecht hat das oft über ihn gesagt. Wobei das durchaus als Kompliment zu verstehen war, aber eben nicht immer. Er war halt hinter jedem Rock her. Schon als Skilehrer. Zu dieser Zeit gab es auch Raufereien mit eifersüchtigen Lebenspartnern diverser Damen. Und auch als Bergführer hat er zuletzt immer wieder etliche Damen beglückt. Da war er zwar schon ruhiger, aber immer noch sehr verwegen. Als Skilehrer hatten es ihm besonders die jungen Mädels aus Schweden angetan, denen er mehr als nur das Skifahren zeigen wollte. Und später die reifen Frauen, so zwischen dreißig und vierzig, die er durch unsere Berge nicht nur geführt hat. Immer wieder hat er so manches Herz gebrochen. Aber heiraten wollte der Rudi nie. Familie und so, das war nicht seines. Mir hat er einmal gesagt: »Jede Nacht eine andere, ein Traum. Geht halt leider nur nicht immer.« Mir persönlich wäre das ja zu viel Stress, habe ich ihm geantwortet. »Du hast ja auch a gute, fesche Alte und zwei tolle Kinder«, hat der Rudi dann gesagt.

Ja, und fesch war er auch, der Rudi. Und somit von Frauen begehrt. Ein echter Weiberheld. Mit seinem alten schwarzen 911 Targa, der ihn ein Leben lang begleitet hat, fiel er schon in den Straßen unseres Dorfes auf. So ein Porsche 911 Targa war aber auch ein ideales Auto für einen Junggesellen, der den Weibern nachstellt. Und etliche fesche Hasen haben über die Jahre auf dem Beifahrersitz Platz genommen. Sind mit ihm durch die Lande gefahren – oder sonst wohin. Der Porsche war übrigens Baujahr 1974, zwei Komma sieben Liter, hundertfünfzig PS, hat mir der Rudi erzählt. Einmal durfte ich ihn selbst fahren. Geil war das. Zweihundertsiebzigtausend Kilometer auf dem Tacho und noch immer in absolutem Topzustand. Bis zuletzt hat Rudi ihn besessen und ist damit auf Aufriss gefahren. Seine einst dunklen Haare waren zwar schon grau, und seine sportliche Figur hat ein kleines Bäuchlein bekommen, aber so manche Frauen haben das bei einem reifen Herrn sehr gern, hat er mir gesagt.

Er hat auch nie ein Geheimnis daraus gemacht, dass er Stammgast und begehrtes Mitglied im Swingerclub »Hot Love« war. Zum Glück weit weg von unserer Gemeinde. Man muss ihm wirklich zugutehalten, dass er bei seinem ganzen Drang nach Sex nie jemanden vor den Kopf gestoßen oder betrogen hat, da er ja nie in einer festen Partnerschaft gelebt hat. Sex war in seinem Leben einfach nur besonders wichtig, und viele Frauen fanden in ihm einen potenten Partner. Er hat sie gern allesamt beglückt, wollte ja immer nur seine Umgebung glücklich machen. Alle sollten glücklich sein. So gesehen war der Rudi eine Art Messias.

In unserer Gemeinde hat er jedenfalls kaum gewildert. Nur wenn ihn die eine oder andere von euch bedrängt hat, ihm in den Swingerclub nachgereist ist, er nicht auskonnte und auch nicht auswollte, dann hat er sich geopfert, wie er mir erzählt hat. Aber keine Angst, meine Damen. Die Geschichten, von denen ich weiß, die er mir als sein Freund, der ich immer sein werde, am Wirtshaustisch oder in der Sauna anvertraut hat, werde ich für mich behalten. Das habe ich ihm versprochen, und dabei bleibt es auch. Denen, die sich jetzt angesprochen fühlen, sage ich: Seid glücklich, mit Rudi vereint gewesen zu sein, und behaltet ihn in guter Erinnerung.

Ja, und was soll es denn. Die Alimente für seine fünf unehelichen Kinder hat er immer pünktlich gezahlt. Hat einiges an Geld für seine Gschroppen in die skandinavischen Länder überwiesen. Und er ist regelmäßig am Sonntag in die Kirche gegangen. Dass ihn dort einmal der alte Pfarrer mit einer jungen Schwedin im Beichtstuhl erwischt hat, das ist eine andere Geschichte. Aber dafür war der Rudi dann beichten und hat als Buße einen Rosenkranz gebetet, wie er mir gesagt hat.

Ja, und die Feuerwehr, das war halt auch sein Leben. Vom einfachen Feuerwehrmann hat er es bis zum Hauptbrandrat und zuletzt Bezirksfeuerwehrkommandant-Stellvertreter gebracht. Der Rudi hat unsere Feuerwehr nicht nur aufgebaut und bestens geleitet, sondern auch alljährlich unser grandioses Feuerwehrfest organisiert. Alle waren wir dort. Auch die Kleinsten, für die er einen Streichelzoo aufgebaut hat. Und ein Kasperltheater gab es auch, einige Male hat er selbst den bösen Wolf gespielt. Der Rudi war eben im Herzen ein guter Mensch. Ihm haben wir es auch zu verdanken, dass die Feuerwehr vor zwei Jahren einen nagelneuen Rüstwagen bekommen hat. Ja, meine lieben Freunde, erinnert euch. Das war, nachdem er den alten mit zu viel Alkohol im Blut zu Schrott gefahren hat. Es hat halt so sein müssen. Dankbar sollten wir ihm dafür sein, dem Rudi.

Ich möchte euch nun noch die Geschichte unserer letzten Begegnung erzählen, die ganz typisch für unseren treuen Freund war. Das war am Vormittag des 24. Dezembers. Einige von euch sind mit ihm beim »Pfarrwirt« gesessen. Hans, Erich, Robert, Bertl, Thomas, Poldi, die ihr hier jetzt am offenen Grab steht, ihr wart dabei. Unser Rudi war wie immer gut drauf. Einen Witz nach dem anderen hat er gerissen, damals als Skilehrer hat er das stets beim Après-Ski gemacht, und bis zu seinem Tod war der Rudi ein wahrer Unterhaltungskünstler. Wie so oft in den letzten Jahren hat er philosophische und pfeffrige Sprüche parat gehabt. Einer ist mir besonders im Gedächtnis geblieben: »Jede Feministin hat einen Mann als Vater.« Nicht schlecht, oder?

Nach etlichen Bieren, bei denen wir allesamt wieder einmal die Welt verändert hatten, hat uns die Gerti eine Rein voller Schweinsbraten serviert, dazu gab es mitgebratene Erdäpfel, warmen Krautsalat und obendrauf Semmelknödel. Die Gerti hat schon immer gewusst, was uns schmeckt, außerdem war es die Lieblingsspeise vom Rudi. Gleich zwei große Portionen hat er zum Mittagessen verschlungen und etliche Biere getrunken. Und zwischendurch immer wieder seine Blase entleert. »Was d' oben reinleerst, muss unten wieder raus«, das war auch einer seiner Leitsprüche. Die Winde hat er gleich am Tisch rausgelassen. Na und? Nach dem Schweinsbraten war ihm schlecht, hat er gesagt, also hat er gleich die Flasche Schnaps aus seinem Rucksack geholt. Ja, so war er, unser Rudi.

Warum ich euch das alles erzähle? Es war das letzte Mal, dass ich beziehungsweise wir mit ihm zusammen waren. Der eine oder andere von euch wäre sicherlich auch gern dabei gewesen, wenn er gewusst hätte, dass dies das letzte Mal sein würde. Aber ihr wart vielleicht mit Weihnachtsabendvorbereitungen beschäftigt oder am Friedhof an den Gräbern eurer Verwandten Kerzerln anzünden oder sonst wo. Dafür hat ja jeder Verständnis, also lass ich euch alle halt nochmals an unserer letzten Runde mit Rudi teilnehmen. Es war wie so oft eine echte Saurunde, aber nichts Verwerfliches dabei. Der Herrgott weiß eh über alles Bescheid. Und dass wir alle nur Menschen sind. Nicht frei von Sünde.

Wie ging es also weiter? Die Flasche Schnaps war nach dem Schweinsbraten schnell leer. Aber bei sieben, nein, bei acht gestandenen Männern am Tisch ist das ja nichts Besonderes. Und dann hat die Gerti die Malakofftorte gebracht. Vom Feinsten, sag ich euch. Aber ihr kennt die eh. Mit richtig viel Schlagobers. Die erste Torte war im Nu weg, also hat Rudi der Gerti auf den Hintern geklatscht, und sie hat eine zweite

Torte gebracht. Und zu einer so fetten Nachspeise brauchst natürlich auch wieder einen Schnaps. Und im Gläserleeren war der Rudi schon immer am schnellsten.

Tja, Rudi und der Alkohol. Es war ja bekannt, dass er gern getrunken hat. Bier und Schnaps, das war sein Lebenselixier. Aber wenn einer einen derart guten Schnaps brennt, und das konnte er wirklich gut, dann hat er auch das Recht, ihn selbst und gemeinsam mit anderen zu verköstigen. In lustigen Runden. Oft auch mit mir. Er hat eben immer gern geteilt. Er war nie neidisch, der Rudi, Hauptsache, die Stimmung war gut.

Und jetzt zu seiner Verfügung, zu seinem Testament, von dem mir unser Pertl Doktor, sein Notar, berichtet hat. Rudis fünf uneheliche Kinder erhalten sein bescheidenes Vermögen, natürlich gerecht aufgeteilt. Und wir sollen seiner alljährlich an seinem Sterbetag gedenken, sein großes, noch vorhandenes Schnapslager an ebenjenem Tag besuchen und so im Laufe der nächsten Jahre leer saufen. Den Gefallen werden wir dir gern tun, lieber Rudi. Ich hab ausgerechnet, dass wir mit dem Lager zumindest die nächsten zehn Jahre seiner gedenken können. So, nun aber weiter in meiner Rede:

Da schaut hinauf. Über die verschneiten Gipfel hinauf zum blauen Himmel.

Den kann man leider heute nicht sehen, aber wie gesagt, ich habe das alles gestern bei schönem Wetter geschrieben. Außerdem wisst ihr schon, was ich meine. Also weiter:

Dort ist er jetzt. Der Herrgott hat ihn sicher gleich bei sich aufgenommen. Er war ja ein guter Mensch. Immer für alle da. Lustig, gesellig und hilfsbereit.

Wir werden uns noch lange an ihn erinnern. Er ist ja auch noch immer allgegenwärtig, nicht nur in unseren Köpfen, auch in seinem Schnapslager und in so mancher unserer Stuben und

Wohnzimmer, ebenfalls in flüssiger Form. Wie jedes Jahr in der Vorweihnachtszeit ist der Rudi in den Tann gefahren. Hat mit der neuen Motorsäge von der Feuerwehr Christbäume geschnitten, die er, wie ihr alle wisst, alljährlich seinen Kameraden, Freunden, dem Gemeinderat und Pfarrer und mir, dem Bürgermeister, geschenkt hat. Auch der große Baum beim Hochaltar, den wir zuletzt in der Kirche bei seiner Einsegnung wahrgenommen haben, wurde durch seine Hand gefällt.

Liebe Bürger und Bürgerinnen dieser schönen Gemeinde, in Erinnerung an Rudi fordere ich euch auf, diese Weihnachtsbäume heuer bis weit über Mariä Lichtmess stehen zu lassen. Auch wenn die Nadeln abfallen.

Man gestatte mir dazu noch einen persönlichen Kommentar: Sollte der Baum in euren Stuben in Flammen aufgehen, dann ist das ein Zeichen, dass sich der Rudi bei euch gemeldet hat. Das wäre dann ein echtes Privileg. Aber nicht vergessen, immer eine Löschgelegenheit in Reichweite des Baumes zu stellen. Auch das ist in Rudis Sinne.

Ja, er ist allgegenwärtig. Unser Rudi. Wie viele seiner Flaschen Schnaps stehen noch in den Schränken und Regalen unserer Stuben herum? Ich trage ihn quasi ständig mit mir in meinem Flachmann herum. Lasset uns für ihn beten und mich einen Schluck nehmen. Prost, auf unseren Rudi. Mein Gott, unser Rudi. Die Weiber, das Feuer und der Schnaps waren sein Leben. Bis in den Tod hinein.

Damit komme ich dann auch zum Schluss meiner Worte. Es musste einfach so kommen, wie es gekommen ist. An diesem Weihnachtstag hatte er wie so oft auch abends noch Schnaps getrunken und war danach eingeschlafen. Fatal und gefährlich. Neben dem Christbaum, dessen Kerzen er zuvor angezündet hatte und die dann unkontrolliert abbrannten. Sie entzündeten den Baum und steckten die Einrichtung in Brand. Aus dem

Christbaumbrand wurde so ein Zimmerbrand, aus dem Zimmerbrand ein Wohnungsbrand und aus dem Wohnungsbrand ein Hausbrand. Und inmitten des Geschehens – unser Rudi. Samt Waldi, seinem so sehr geliebten kleinen und fetten Dackel. Auch die letzten Minuten seines Lebens waren geprägt von Schnaps und Feuer. Was gibt es im Finale des Lebens eines Feuerwehrmannes Passenderes, als von Flammen in Besitz genommen zu werden? Rudi hat sich mit den Flammen, die er ein Leben lang bekämpft hat, quasi letztendlich versöhnt. Gestärkt mit dem Quell seines Lebens, seinem Schnaps. So hat er auch nicht gelitten.

Die Rede hätte ich natürlich vorher nicht schreiben müssen. Ich habe zu euch jetzt frei von der Leber weg gesprochen, was mir auch eher liegt. Und wie bereits gesagt, ich denke, es hat auch so eher Rudis Wesen entsprochen. So, jetzt schau ich doch noch einmal aufs Papier, hab ich was vergessen? Das habe ich schon gesagt, das auch. Ja, das auch und – das auch. Aber der letzte Satz meiner geschriebenen Rede passt jetzt noch als Abschluss:

Seinem Letzten Willen entsprechend haben wir ihm den Waldi beziehungsweise das, was von ihm übrig blieb, zu seinen Füßen gelegt. Im Sarge sind die verkohlten Körper nun vereint. Gott sei ihnen gnädig.

Amen.

Michael Gerwien

Weihnachtsessen mit Folgen

Ein Mann setzt sich zum Weihnachtsessen,
Nicht mal den Schlips hat er vergessen.
Er macht ein vornehmes Gesicht
Und speist vergnügt das Hauptgericht.

Zufrieden schaut er in die Runde
Und sticht der Gans die nächste Wunde.
»Ganz köstlich«, murmelt er noch kurz
Und lässt gleich drauf den schönsten Furz.

Schon regen Stimmen sich im Saal:
»Wer war denn das, verflixt noch mal?
Das ist doch wirklich unerhört,
Dass uns ein Furz beim Essen stört.«

Ein Herr meint: »Es riecht angebrannt.«
Flugs kommt der Küchenchef gerannt
Und ruft laut voller Ungeduld:
»Nein, nein, es ist nicht unsre Schuld.«

Da rennt die Gattin, Luft im Sinn,
Quer durchs Lokal zum Fenster hin.
Dort lehnt sie sich zu weit hinaus
Und fällt dabei natürlich raus.

Sie fliegt und ist noch nicht mal satt,
Gleich nach der Landung ist sie platt.
Und just, als wär's noch nicht genug,
Liegt sie genau vor einem Zug.

Der Fahrer haut die Bremse rein,
Man hört die Passagiere schrein,
Als prompt das ganze Ding entgleist
Und alle ins Verderben reißt.

»Vierhundert Tote zu beklagen«,
Hört man den Richter später sagen,
»Zehn Jahre Haft gibt es deswegen.«
Der Furzer protestiert dagegen,

Doch es hilft ihm nichts.

Tatjana Kruse

Gefüllte Gans

Weihnachtsessen mit der Familie, das ist Horror pur. Einzeln mögen die Mitglieder ja noch angehen, aber im Rudel …

Wenigstens haben wir keinen Vegetarier dabei, und nur Tante Erna reagiert auf Milchprodukte allergisch. So gibt es auch in diesem Jahr gefüllte Gans zum Fest, wie es in unserer Sippe seit den Tagen Karls des Großen üblich ist. Natürlich wie immer bei mir. Damit ich als Alleinstehende auch mal in den Genuss des heimeligen Familiengefühls komme. Sagen die anderen. Die wollen sich doch alle nur nicht den Stress aufhalsen. Ich kenn schließlich meine Pappenheimer.

Vorletztes Jahr ist meine kostbare antike Vase beim Weihnachtsliedersingen zu Bruch gegangen. Letztes Jahr meine Tiffany-Lampe, als Onkel Hans in meinem Wohnzimmer gleich seine geschenkte Angel auswerfen musste. Mein Meißen hole ich schon gar nicht mehr raus. Und dieses Mal hat der Kleine von meiner Cousine Gabi mit seinen in Soße getunkten Patschhändchen ein modernes Meisterwerk auf die Tapete gemalt. Oma Grete hat dazu gelacht, obwohl man ihre Wohnung nur mit Hausschuhen betreten darf und ihr Sofa unter einer Plastikschondecke ein keimfreies Leben führt. »Die Flecken fallen auf deiner Rosentapete doch gar nicht weiter auf«, entschuldigte Gabi ihr Balg, und Onkel Theo hielt das Ganze mit seiner Handykamera im Bild fest. Im Grunde kann ich meine Wohnung nach jedem Familienweihnachtsessen renovieren lassen.

Und dann der Lärm! Wenn alle durcheinanderreden, das macht mich echt fertig. Das können meine Nerven nicht ab. Ich bin Krankenschwester. Seit über fünfzehn Jahren in der Psychiatrie. Nur schwerste Fälle. Im Schichtdienst. Da will ich wenigstens zu Hause Ruhe und Frieden haben. Das kann man doch verstehen, oder?

Und dieses Weihnachten habe ich damit ernst gemacht! Ich besitze schon lange den Schlüssel zum Giftschrank der Station und habe mich für ein Mittel entschieden, das schnell wirkt: Man japst nur kurz nach Luft, nestelt am Hemdkragen, und dann kippt einem auch schon der Kopf in den Nacken. Mitleid habe ich keines – das sind ja alles nur Verwandte, keine Menschen, die mir wirklich nahestehen.

Ich sehe mich um. Es hat ganz wunderbar geklappt. Die meisten hängen schon mit herausquellender Zunge über der Polstergarnitur. Nur Tante Erna werkelt noch in der Küche. Sie hat nichts mitbekommen.

Das Gift habe ich in die Äpfel gespritzt. Die Apfelfüllung essen nämlich alle, auch meine Nichte Lisa-Marie, die magersüchtig ist. Ich selbst habe Gastritis vorgeschoben und nur ein Glas Holunderbeerwein getrunken.

Tante Erna ist als Letzte gekommen, darum wird das Mittel bei ihr auch am spätesten wirken. Aber gleich muss auch sie so weit sein. Ich greife nach dem Babybreiglas von Gabis kleinem Rotzer. Bananenbrei steht drauf. Finger hineingestippt und probiert. Ja, lecker!

Tante Erna kommt aus der Küche gewankt, die Hand am Hals. Ich nicke ihr freundlich zu. Sie ist immer meine Lieblingstante gewesen, aber vermissen werde ich sie trotzdem nicht. Man muss Prioritäten setzen. Ich probiere noch eine Fingerspitze voll Babybrei. Schmeckt wirklich ausgezeichnet. Sehr apfelig.

Apfelig? Moment mal, wieso nicht bananig? Hat Gabi etwa …? Sollte sie tatsächlich den Rest der Apfelfüllung in das Babybreiglas umgefüllt haben? Nein!, denke ich noch, während ich am gestärkten Kragen meiner weißen Feiertagsbluse nestele. Dann kippt auch schon mein Kopf in den Nacken …

Manfred Koch

Drei Tote im Stall – Commissario Lucas Evangelistas letzter Fall

»Jessasmariaundjosef! So ein verfluchter Mist!«, rief Commissario Lucas Evangelista, als er die drei Leichen sah. »Das ist ja die komplette heilige Familie. Weiß man schon, wie es passiert ist?«

»Ja, Chef«, sagte Gloria Excelsis, Evangelistas Assistentin. »Doppelmord und Selbstmord. Wie es ausschaut, hat zuerst der Mann die Frau und das Baby mit einem hart getrockneten Kuhfladen erschlagen und sich danach mit der scharfen Kante seines Heiligenscheins die Pulsadern aufgeschnitten.«

»Aha. Und wieso?«

»Vermutlich Eifersucht, Chef. Irgendwie hat der Mann wohl mitgekriegt, dass das Kind nicht von ihm ist.«

»Kein Wunder«, sagte Evangelista und beugte sich über die Leichen, um die Gesichter des Mannes und des Säuglings genauer zu betrachten. »Der Kleine schaut ihm ja überhaupt nicht ähnlich.«

»Ist mir auch sofort aufgefallen«, sagte Excelsis. »Das Neugeborene hat keinen Bart. Da muss ja selbst dem gutgläubigsten Trottel von Ehemann irgendwas verdächtig vorkommen, nicht wahr, Chef?«

»Brillant kombiniert.« Evangelista richtete sich wieder auf. »Der Fall wäre also geklärt.« Er seufzte und sah Excelsis an. »Und trotzdem können wir das nicht einfach so zu den Akten legen, oder? Meine liebe Gloria, ich denke, wir sollten jetzt ganz schnell etwas unternehmen, um unsere Geschichte zu retten, bevor die Scheiße allgemein bekannt wird.«

»Genau, Chef. Hab ich mir auch gleich gedacht. Wenn das die Menschen erfahren, können wir uns unsere gemeinsame Geschäftsidee an den Hut stecken.«

»Gibt's irgendwelche Zeugen?«

»Gott sei Dank nicht, Chef. Der Ochs und der Esel haben nicht kapiert, was da geschehen ist, wie üblich. Aber die Hirten sind schon hierher unterwegs.«

»Gut, die sollten kein Problem sein«, sagte Evangelista nach kurzem Nachdenken. »Heute ist doch der 23. Dezember, nicht wahr, Gloria?«

»Exakt. Und?«

»Düsen Sie los, Gloria Excelsis! Düsen Sie los und verkünden Sie diesen Hirtenspielern da draußen auf dem Felde, dass sich die Geburt um vierundzwanzig Stunden verschoben hat. Und vorher knipsen Sie gefälligst dieses Scheißspotlight am Himmel über dem Stall aus, die Weihnachtsfestbeleuchtung kann ich jetzt überhaupt nicht brauchen!«

»Alles klar, Chef.«

»Ach ja, und noch was: Schicken Sie mir die Tatortreinigungstruppe. Caspar, Melchior und Balthasar müssen die Leichen verschwinden lassen und alles wieder so herrichten, als wäre nichts passiert.«

»Und was machen Sie inzwischen, Chef?«

»Ich rufe unseren Geschäftspartner vom Salzburger Adventsingen an und sag ihm, dass er sofort mit der Zweitbesetzung von Maria und Josef auf einen Zeitsprung zu uns kommen soll. Und zwar samt einem Neugeborenen. Am besten mit einem Retortenbaby, dann stimmt endlich auch unsere Story von der unbefleckten Empfängnis.«

»Halleluja, Chef! Wenn alles klappt, ist unsere Big-X-Mas-Business-GmbH damit gerettet.«

»So ist es, Gloria. Also, auf was warten Sie noch? Abflug, Gloria Excelsis, Abflug! Und zwar dalli!«

Der Rest ist Geschichte.

Elisabeth Florin

Wie treu sind deine Blätter – ein Meraner Weihnachtsmord

Die Kellertreppe war steil. Keuchend schleppte Ludwig Renzinger den Gegenstand nach oben, der ihn töten würde.
»Hast du ihn?«
Ludwig schielte zu dem hellen Viereck der geöffneten Kellertür hoch, in das sich die massige Gestalt seiner Schwester schob. Er nickte.
Sie streckte ihre Hände aus. »Gib her. Wasch dich. Du bist voller Spinnweben.«
Gehorsam tappte Ludwig in die Küche. Er hatte sich daran gewöhnt, dass Katie ihm Befehle erteilte. Er tat immer, was sie wollte. Es war einfacher so.
Obwohl es draußen noch hell war, lag die Küche im Dämmerlicht. Das Haus war alt, die Fenster winzig. Sie passten zu den Zimmern ihrer gemeinsamen Wohnung.
Bevor er den Wasserhahn an der Spüle aufdrehte, warf er einen Blick durch die halb blinden Scheiben. Es hatte angefangen zu schneien. In dem kleinen Ausschnitt der Laubengasse, den er erkennen konnte, stapften ein alter Mann und ein Kind vorbei.
Auf einmal blieb das Kind stehen, ließ die Hand des Alten los und hielt das Gesicht in den rieselnden Schnee. »Opi, schau, es schneit!«, rief das Kind.
Ludwig konnte die zarte Stimme so deutlich hören, als stünde er direkt daneben. Es war ein Glück, dass die Fenster so klein waren, so drang nicht allzu viel kalte Dezemberluft durch deren Ritzen ins Zimmer.

Hinter Ludwig knarzte das Linoleum unter den schweren Schritten seiner Schwester. Gut, dass sie so kräftig ist, dachte er. Das macht es einfacher für sie. Nicht, dass sie es verdient hätte.

Er beobachtete, wie der Wasserstrahl die glänzenden Blutspritzer auseinandertrieb und der rosa Wirbel im Abfluss verschwand. Ludwig verzog das Gesicht. Er hasste es besonders, wenn seine Schwester es in der Wohnung tat.

Die Hasen hatten vergeblich gezappelt. Katie brach ihnen das Genick und schnitt die Hälse durch. Dann ließ sie sie in der Spüle ausbluten.

Ludwig taten die Tiere leid, vor allem, weil sie umsonst starben. Die Skitouristen machten es sich zu Weihnachten in ihren Sporthotels am Fuß der Abfahrten gemütlich, anstatt sich in die Meraner Innenstadt zu verirren, um dann ausgerechnet in Katies und Ludwigs Weinspelunke ein Weihnachtsessen einzunehmen. Ludwig hatte nicht vor, seine Schwester auf diesen Sachverhalt hinzuweisen. Die toten Hasen würden im Müll landen, wie immer.

Während er seine Hände einseifte, lauschte er auf das vertraute Klappen des Küchenschranks, in dem Katie Staubtücher und Flaschen mit Reinigungsmitteln aufbewahrte. Das Geräusch blieb aus.

Überrascht drehte er den Kopf. Das Letzte, was er aus dem Augenwinkel sah, war ein grünes Etwas, das auf ihn zuraste. Dann ein kurzer, scharfer Schmerz unter dem rechten Ohr.

Dass ihn seine Schwester auffing, bevor er mit dem Gesicht auf dem Boden aufprallen konnte, spürte er schon nicht mehr.

★★★

Wegen seiner Größe musste sich Sergente Emmenegger bücken, um die untere Auslage in Augenschein nehmen zu können. Die obere kam nicht in Frage, dort lagen die richtig teuren Uhren.

Nachdem er die Angaben auf den Preisschildern, die halb in einer dicken Schicht Kunstschnee verschwanden, enträtselt hatte, richtete er sich auf. Seine Augen hingen an der Eingangstür des Geschäfts, die sich in einem fort öffnete und schloss. Dann verlor sich Emmeneggers Blick in den funkelnden Lichtgirlanden, die sich von einer Seite der Laubengasse zur anderen schwangen.

Dass sich seine Frau im Sommer wieder mit ihm versöhnt hatte, machte sich auf dreierlei Weise bemerkbar. Erstens hatte er zugenommen, weil die Martl ihn unnachgiebig bekochte, mittags und abends. Zweitens hatte er Geld gespart, weil er kaum noch in die Kneipe kam. Und drittens erwartete seine Frau von dem gesparten Geld ein Weihnachtsgeschenk, das diesen Namen verdiente. Es verging kaum noch ein Tag ohne einen diesbezüglichen Wink mit dem Zaunpfahl. Das übliche »4711« aus der Parfümerie Ladurner lag ganz sicher nicht in der Richtung, in die dieser Zaunpfahl wies.

Andererseits führte Ladurner auch Lingerie. Damenunterwäsche war sicher billiger als eine Uhr, oder etwa nicht? Aber wie in aller Welt sollte er …?

Das Klingeln seines Mobiltelefons setzte seinen Überlegungen ein Ende. Dankbar zog er das Gerät aus der Hosentasche. Es war der Diensthabende. »Ein Unfall beim Weihnachtsbaumschmücken, so wie es aussieht.« Der Mann seufzte. »Der Arzt, so ein Hundertfünfzigprozentiger, hat schon die Gerichtsmedizin in Marsch gesetzt.«

»Wer ist der Tote?«

»Ein Mann Mitte sechzig. Er und seine Schwester führen eine Weinstube in den Lauben. Weinstube Renzinger.«

Die Geschwister Renzinger? Emmeneggers Kopf ruckte in Richtung Pfarrplatz. Bis zur Renzinger Weinstube waren es nur ein paar Schritte.

Passanten blieben stehen, als die Sirene näher kam. Emmenegger hatte bereits die Nummer seines Vorgesetzten gewählt, als ihm einfiel, dass der Commissario schon im Weihnachtsurlaub war. Zögernd ging er dem Heulton entgegen.

★★★

Die Weinstube Renzinger war das einzige Lokal in Meran, um das Emmenegger bewusst einen Bogen machte. Die Geschwister waren ein seltsames Paar.

Wie es aussah, hatte er nichts verpasst. Die Holztische waren verkratzt und mit Wachsflecken übersät. Über den Tischen hingen Klingelschnüre. Katie Renzinger hatte den Ruf, nur nach ihren Gästen zu sehen, wenn es sich nicht vermeiden ließ. In der Ecke stand ein halb geschmückter Weihnachtsbaum. Emmenegger beobachtete, wie Ludwig Renzinger in einen Metallsarg gelegt und abtransportiert wurde.

Der Bozner Gerichtsmediziner schloss seine Tasche. »Ich denke, wir können getrost von einem Unfall ausgehen. Der arme Kerl hat sich zu weit nach vorn gelehnt«, er deutete mit dem Kinn auf einen umgefallenen Stuhl, »dabei ist er umgekippt, auf dem Boden aufgeschlagen und mit dem Hinterkopf gegen den Sims da geknallt.«

Emmeneggers Blick richtete sich auf den riesigen Kachelofen. Rund um den Ofen verlief ein breiter Marmorsims, auf dem Gäste Platz nehmen oder ihr Glas abstellen konnten. Emmenegger kam es so vor, als würde der Weihnachtsbaum mit seinen schmucklosen Ästen anklagend auf die Feuerstelle zeigen. Er runzelte die Stirn.

»Was ist?«, fragte der Gerichtsmediziner.

»Also, ich fange immer oben an.«

»Wie bitte?«

»Er hat erst die unteren Zweige geschmückt«, erklärte Emmenegger geduldig. »Man schmückt doch von oben.«

Der Mann zuckte die Schultern. »Wenn sich bei der Autopsie keine hinreichenden Verdachtsmomente auf Fremdeinwirkung ergeben, können wir uns die Spurensicherung sparen. Sie erhalten das Ergebnis morgen früh per Mail. Ach, übrigens, schöne Feiertage.« Dann ging er.

★★★

Katie Renzinger stand im Schankraum und polierte Gläser. Sie hatte kein Gramm abgenommen, seit Emmenegger sie das letzte Mal gesehen hatte.

»Mein Beileid«, sagte er.

Katie blickte ihn kurz an. Dann konzentrierte sie sich wieder auf das Tuch in ihrer Hand, das sie um die Glasränder kreisen ließ. Auch ihre Abneigung gegen Männer hatte wohl nicht abgenommen.

»Das gute Kristall für die Weihnachtswoche?«

Ein weiterer Blick, lauernd.

»Auf Ihrer Weinstube liegt ja nicht gerade der Segen Gottes.« Nicht dass Emmenegger auf diese Bemerkung eine Antwort erwartet hatte. »Hören Sie auf mit dem Polieren«, sagte er selbstbewusster, als ihm zumute war. »Ich muss Ihnen ein paar Fragen stellen.«

Mit verkniffener Miene kam Katie hinter der Bar hervor und stemmte ihre voluminösen Oberarme auf den Tresen.

Emmenegger holte Luft. »Wann haben Sie Ihren Bruder zum letzten Mal gesehen?«

»Heut Nachmittag. Wird so gegen drei gewesen sein. Er hat den Baum angeschleppt.« Sie verzog das Gesicht. »Eine Sauerei war's. Der Baum war voller Schnee, und er hat den Schnee und den Dreck von seinen Schuhen im ganzen Haus verteilt. Wegen ihm hab ich die Küche putzen müssen.« Die Renzingerin verstummte.

Die Frau war doch sonst mundfaul. Wieso erzählte sie ihm das alles? »Und dann?«

»Nichts dann. Ich hab ihn rausgescheucht. Hab gesagt, er soll die Kugeln aus dem Keller holen und die Weinstube für die Weihnachtswoche herrichten.«

»Hat er mit dem Schmücken immer unten angefangen?«

Die Frau schaute ihn an, als ob er den Verstand verloren hätte. »Woher soll ich das wissen?«, gab sie schroff zurück. »Glauben Sie vielleicht, ich hatte Zeit, ihm zuzuschauen?«

Emmenegger wandte sich zur Tür. »Warum haben Sie heute eigentlich zu? Am Samstag vor dem dritten Advent? Und wo waren Sie, als es passiert ist?«

Die Augen der Frau funkelten. »Ich hab Hasen geschlachtet. Für die Weihnachtsmenüs nächste Woche. Hätte ich mit blutigen Fingern die Fremden bedienen sollen?« Die Renzingerin zeigte auf eine Tür hinter der Theke. »Da hinten im Kühlraum hängen die Hasen. Wollen Sie sie sehen?«

»Muss nicht sein«, wehrte Emmenegger ab. Irgendetwas ließ ihm keine Ruhe. Er durchquerte den Schankraum und blieb im Eingang zur Weinstube stehen. Die Kugeln am Weihnachtsbaum blinkten im Licht. Unter dem Tisch funkelte etwas. Emmenegger bückte sich.

»Eins verstehe ich nicht«, sagte er, als er sich wieder aufgerichtet hatte. »Ihr Bruder hat offenbar das Gleichgewicht verloren, als er versucht hat, die Spitze auf den Baum zu setzen.« Emmenegger hielt das Oberteil einer zersplitterten silbernen Baumspitze hoch. »Vermutlich hat er sich deswegen an den äußersten Rand der Sitzfläche vorgetastet und sich dann vorgebeugt.«

»Ja, und? Hätte er halt einen kleineren Baum kaufen sollen.«

»Aber warum in diesem Stadium die Spitze anbringen? Er hatte unten angefangen, und der halbe Baum fehlte noch.«

»Was weiß denn ich«, antwortete Katie Renzinger. »War's das jetzt?«

»Sie haben ihn wohl nicht gemocht?«, entfuhr es Emmenegger.

Katie Renzinger verschränkte die Arme. »Was heißt schon mögen. Er war halt da.«

★★★

Erst als der Sergente gegangen war, merkte Katie, dass ihre Oberarme höllisch schmerzten. So fest hatten sich ihre Finger in ihr Fleisch gekrallt.

Sie wollte schon durch die Schanktür zur Weinstube, da fiel ihr ein, dass die ja versiegelt war. Noch war nicht entschieden, ob die Spurensicherung anrücken würde.

Auf ihrer Stirn bildeten sich Schweißtropfen. Sie keuchte. Doch als sie in Gedanken noch einmal alles Punkt für Punkt durchging, wurde ihr klar, dass sie sich keine Sorgen zu machen brauchte. Ihr einziger Fehler war gewesen, den Baum von unten zu schmücken. Doch der Stuhl hätte ihr Gewicht nie und nimmer getragen. Und eine Leiter zu benutzen, hatte sie sich wegen der Gefahr, verräterische Schleifspuren zu hinterlassen, nicht getraut.

Dass es diesem Polizisten aufgefallen war, fuchste Katie. Aber dann gestand sie sich ein, dass es sich bei ihrem unguten Gefühl nur um verletzte Eitelkeit handelte, denn im Grunde war es egal. Jeder Staatsanwalt würde sich totlachen, wenn die Polizei aus der Art und Weise der Baumdekoration einen begründeten Verdacht ableiten würde. Zudem hatte sie mitgehört, was der Gerichtsmediziner zu Emmenegger gesagt hatte. Alles in allem war es prima gelaufen.

Ludwig war weg. Er war selbst schuld, dass es so gekommen war. Er hätte halt aufhören sollen, sein Gehirn zu ersäufen. Vor ein paar Wochen war der Tiefpunkt erreicht gewesen: Ihr Bruder hatte in seine Schuhe gepinkelt und das Milchschälchen der Katze mit Batida de Coco gefüllt.

Katie hatte geahnt, was bei der Computertomografie herauskommen würde. Ihr Bruder war von seiner Alzheimerdiagnose weitaus weniger niedergeschmettert gewesen als sie selbst. Er hatte einen richtig erleichterten Eindruck gemacht, gemischt mit einem Anflug von Häme. Als ob ihn die Krankheit in die Lage versetzen würde, ihr ohne lästige Gewissensbisse die Sorge um sein Leben aufzubürden und sich für den Rest seiner Tage jeglicher Mühe und Verantwortung zu entledigen.

Aber nicht mit mir, dachte Katie. Sie schüttelte sich, als sie daran dachte, was aus ihren Leben geworden wäre.

Die Anforderungen, die auf Katie zurasten, hatten sich nachts, wenn sie schlaflos im Bett lag, zu einer Liste des Grauens verdichtet. Seinen schlaffen Körper abduschen, ihm den Fäulnisgestank aus dem Mund putzen, die aufgeplatzte Hornhaut von seinen blau geschwollenen Füßen schälen, ihn …

Nein. Beim letzten Punkt hatte ihr Gehirn gestreikt.

Dann hatte sie an die Genugtuung ihres Bruders gedacht, wenn er ihr das sauer Ersparte abluchsen konnte, indem sie eine Pflegeeinrichtung für ihn bezahlte.

Das hatte den Ausschlag gegeben.

Katie tappte nach oben und sperrte ihre Schlafzimmertür auf. Mit wütendem Miauen schoss ihre Katze heraus. »Tut mir leid, Katze«, sagte Katie.

Es hätte böse enden können, wenn das Tier zwischen ihren Beinen herumgeflitzt wäre, während sie sich anschickte, ihren Bruder zu töten.

★★★

Die Untersuchung war abgeschlossen. Es gab keine Hinweise, die den weiteren Einsatz von Steuergeldern gerechtfertigt hätten.

Ludwig Renzinger war an einem Schädelbruch gestorben, den er sich durch seitlichen Aufprall seines Kopfes auf einer scharfen und harten Kante zugezogen hatte. So stand es im Obduktionsbericht, der an diesem Morgen aus Bozen eingetroffen war.

Emmenegger hätte erleichtert sein sollen, aber Erleichterung fühlte sich anders an. Warum etwas in ihm sich weigerte, an einen Unfall zu glauben, wusste er nicht.

Er biss zu, und das Geschmacksfeuerwerk von Bratwurst und Senf lenkte ihn vorübergehend von seinen Grübeleien ab. Er spielte mit dem Gedanken, sich anschließend einen Glühwein zu genehmigen. Aber er hatte Dienst, und außerdem waren die Glühweinstände umlagert. Warum zum Teufel war er zum Weihnachtsmarkt an der Passer gegangen, wo am meisten los war?

Der Sergente entsorgte Pappteller und Serviette und ließ sich vom Menschengewühl durch die Standreihen treiben. Goldenes Lametta und glänzende Christbaumkugeln zogen an ihm vorbei. Er merkte zu spät, dass Stehenbleiben ein Fehler war. Durch einen unsanften Schubs von hinten wäre er um ein Haar mit der Nase in der Auslage von Christbaumständern aller Größen und Formen gelandet. »Hoppla«, sagte der Standinhaber mahnend. »Glück gehabt. Sie hätten sich was tun können.«

Emmenegger rappelte sich auf und flüchtete ans Flussufer. Er lehnte sich an das Geländer und schaute zu den tief verschneiten Kuppen der Mutspitze und der Rötelspitze hinauf.

Spitzen … Christbaumspitzen.

Sein Unbehagen kehrte zurück. Er schüttelte das lästige Gefühl ab. Der Fall war abgeschlossen. Damit musste er sich abfinden.

Aber das stimmte nicht ganz. Eine Möglichkeit konnte ihm keine Behörde der Welt verwehren.

★★★

Der Hasenrücken war nicht schlecht. Emmenegger dachte, dass man Katie Renzinger ihre Kochkünste zugutehalten musste, ob sie nun eine Mörderin war oder nicht. Das Fleisch war zart, und die selbst gemachten Nocken zergingen auf der Zunge.

Der Weihnachtsbaum war inzwischen vollständig geschmückt. Ganz oben thronte eine neue Spitze. Zur Abwechslung eine goldene.

Er war allein in der Weinstube. Nebenan stand Katie Renzinger hinter dem Schanktresen. Er spürte ihre Präsenz, fing feine Wellen ihrer Unruhe auf.

»Schmeckt's?«
Emmenegger grinste. »Danke, gut.« Dann wurde er wieder ernst. Was hatte er sich von dem Besuch erhofft? Er saß jetzt schon eine geschlagene Stunde hier, und dass er so langsam wie möglich aß, würde seine Niederlage nur hinauszögern. Plötzlich raschelte es. Eine dicke weiße Katze sprang auf den Tisch, schnappte sich ein Stück Fleisch und verschwand unter dem Weihnachtsbaum.

»Du verdammtes Vieh!« Emmenegger tauchte unter den Baum. Später hätte er nicht sagen können, warum. Er wäre nie auf die Idee gekommen, etwas zu essen, das eine Katze im Maul getragen hatte.

Die Katze war verschwunden, dafür hatte er die scharfe Kante des Christbaumständers vor der Nase. In diesem Moment passierte etwas, das ihm noch nie widerfahren war. Hinterher würde er allen verkünden, dass es sich um eine göttliche Eingebung gehandelt hatte.

»Sie hätten sich was tun können«, hatte der Mann, der Christbaumständer verkaufte, zu ihm gesagt.

Die Mordwaffe war hier, direkt vor ihm, bestmöglich versteckt, nämlich gar nicht.

Emmenegger zog seine Mini-Maglite aus der Hosentasche. Der Lichtpunkt zitterte über gusseisernes Grün. Emmenegger lockerte Schrauben, leuchtete wieder. Und plötzlich überzog ein Strahlen sein Gesicht. Im Gewinde einer Schraube hatte er einen roten, klebrigen Tropfen erspäht.

Auf einmal hörte er ein Geräusch hinter sich. Er fuhr herum und konnte sich gerade noch zur Seite rollen, bevor eine schwere Eisenpfanne niedersauste.

Katie Renzinger konnte ihren Schwung nicht mehr aufhalten. Sie ruderte mit den Armen, die schwere Pfanne zog sie unerbittlich nach unten, und nach einer halben Drehung schlug ihr Hinterkopf mit einem fürchterlichen Knacken auf dem marmornen Sims des Kachelofens auf.

Emmenegger rappelte sich auf. Die toten Augen der Renzingerin starrten zum Weihnachtsbaum hinüber.

Plötzlich erklang ein jämmerliches Maunzen. Die weiße Katze sprang auf seinen Schoß und hob den Schwanz. Er sah, dass es ein Kater war. Als sich das Tier an ihm festkrallte, wusste er, was er seiner Martl zu Weihnachten schenken würde. Sie würde den kleinen Kerl schon unter ihre Fittiche nehmen.

Als er mit dem Kater im Arm in der offenen Eingangstür auf den Leichenwagen und die Gerichtsmedizin wartete, trieb der Schnee wie ein Vorhang auf ihn zu. »Hallo, Schneeball«, flüsterte Emmenegger dem Kater ins Ohr.

Volker Raus

СРОЖДЕСТВОМ!*

Die Feuerwehr machte das nötige Licht. Große Halogenscheinwerfer knallten in die Schlucht unterhalb der Ebenseer Hausbergkante und sorgten dafür, dass die Sonne mitten in der Nacht über dem steilen Abgrund aufging. Der Schnee glitzerte gespenstisch weiß, und weiß war auch der Skioverall jenes Skifahrers gewesen, dessen zerschundener Körper von dem Ast einer Föhre aufgespießt mit dem Kopf nach unten in der Felswand hing. Jetzt war seine Kleidung nur noch rot, blutdurchtränkt. Ein einziges Muskelband hielt den Kopf am Nacken. Ein grauenhafter Anblick, für Peter Loidl, den Chef der Bergrettung, jedoch Routine. Er hatte sich bis zur Leiche abgeseilt und rief nach oben: »Lasst mit dem Kran einen Bergesack herunter! Kaspar, du kommst auch runter und hilfst mir!«

Es war eine sternenklare, eiskalte Nacht. Der junge Kaspar Loidl arbeitete erst kurze Zeit bei der Bergrettung, hatte als erfahrener Extrembergsteiger aber schon drei Achttausender bezwungen. Mit vereinten Kräften schnitten die beiden Männer den Ast der Föhre ab, legten die Leiche zusammen mit dem Holzstück in den Bergesack und schnürten mit Hilfe von Kletterseilen ein Paket. Peter Loidl kontrollierte den Halt und gab dann den Befehl zum Hochziehen. Zug um Zug näherte sich die letzte Fahrt des Mannes dem Abendhimmel.

»Aufpassen! Er kommt!« Ein Bergretter ermahnte seine

---

* Aussprache :»ßraschdißtwóm«, Russisch für: »Frohe Weihnachten!«

Kollegen zur Vorsicht. Kräftige Hände zogen den Sack, der am Ende des Kranes hing, zu sich heran und legten ihn in gehörigem Abstand zum Abgrund in den Schnee.

Franz Loidl* war der Kommandant der Polizeiinspektion Ebensee. Er trug eine graue Alpinuniform, kniete neben der verpackten Leiche nieder und öffnete den Reißverschluss des Bergesackes.

»Das ist ja der Oli!«, rief er entsetzt in die Runde. »Wie kommt der denn mitten in der Nacht an die Kante?«

»Selbstmord«, kommentierte einer der Bergretter.

»Blödsinn. Doch nicht unser Oli. Der hatte doch alles zum Glücklichsein«, antwortete der Polizist.

»Und dazu noch einen ganz großen Vogel im Hirn.« Ein etwa dreißigjähriger Mann, groß gewachsen und mit breiten Schultern, stand etwas abseits und hatte seine Hände auf Skistöcke gestützt. Auf der Brust seines knallroten Daunenanoraks prangte das runde goldfarbene Abzeichen mit dem österreichischen Adler und dem goldenen Ski, das ihn als staatlich geprüften Skilehrer auswies.

Franz Loidl drehte sich dem Mann zu. »Wie meinst du das?«

Die beiden waren Brüder, beide in Ebensee geboren und aufgewachsen. Der ältere war Polizist geworden, der jüngere Skirennläufer, dessen Karriere nach dreizehn Weltcupsiegen jäh unterbrochen worden war. Er war beim Hahnenkammrennen in Kitzbühel im Zielschuss schwer gestürzt und hatte sich ein Schädel-Hirn-Trauma, zahlreiche Knochenbrüche und Muskelrisse zugezogen. Josef Loidl, von der Skination

---

* In Ebensee ist der Name Loidl sehr häufig. Allein im Telefonbuch finden sich einhundertachtzehn Eintragungen. Der Name wird »Loittl« ausgesprochen, denn die Ebenseer haben große Probleme mit dem Buchstaben »d«.

Österreich liebevoll Jimmy genannt, war nie wieder in den Skizirkus zurückgekehrt, da sein linkes Bein etwas verkürzt blieb. Nach seiner Genesung hatte er die Skilehrerprüfung abgelegt und unterrichtete nun seit mittlerweile fünf Jahren hier oben auf dem Feuerkogel Skihaserl, Kinder und Könner.

Oli hatte zu den Könnern gehört. Der russische Oligarch hieß eigentlich Oleg Kerschakow, war sechsundfünfzig Jahre alt und einer der reichsten Russen. Der Berg gehörte ihm. Wer geglaubt hatte, dass russische Oligarchen nur Berge, Seen, Lifte oder Hotels im heiligen Land Tirol kauften, der irrte nachweislich. Der Großglockner, die Zugspitze in Bayern, das Matterhorn mit der Gemeinde Zermatt, alles war bereits in russischem Besitz. Aber nicht nur in den Zentralalpen mit den hohen, hohen Bergen wurde gekauft, längst hatten sich die Russen auch auf die niedrigeren Berge gestürzt. Es gab ja nicht nur schrecklich reiche Russen, sondern auch ganz normal reiche, die vom Land stammten. Die suchten dann auch die Nähe zur Natur und kauften kleinere Alpenteile wie zum Beispiel das Fichtelgebirge in Sachsen oder den Feuerkogel in Oberösterreich. Der Berg war 1.592 Meter hoch, zählte zu den nördlichen Kalkalpen, überragte das Südufer des Traunsees und thronte über der kleinen Gemeinde Ebensee.

Josef »Jimmy« Loidl war den ganzen Tag im Dienst gewesen. Er erwartete die Hubschrauber am Sportplatz, saß im großen Geländewagen, der den zwei schweren Limousinen der Marke Bentley voranfuhr. Den Abschluss der kleinen Kolonne bildete wieder ein Geländewagen. Alle Autos waren schwarz lackiert und hatten schwarz getönte Fensterscheiben.

Es war der Morgen des 6. Jänners, und alles schlief noch. Beim Parkplatz der Seilbahn angekommen, sprangen Security-Leute aus den beiden allradgetriebenen Wagen. Erst als sie das Gelände gesichert hatten, öffneten sich die Türen der beiden Luxuslimousinen. Als Erster stieg Oleg Kerschakow aus. Der mittelgroße, schlanke Mann trug einen schwarzen Anzug und darüber einen bodenlangen Daunenmantel mit pelzverbrämter Kapuze. Ihm folgten zwei Sekretärinnen, junge blonde Barbiepuppen in weißen Nerzmänteln, dann seine zwei halbwüchsigen Söhne mit ihrer etwas älteren, ziemlich rundlichen Mutter im Persianermantel. Jimmy ging auf die Gruppe zu und begrüßte alle. Oleg umarmte ihn herzlich und sagte: »Frohe Weihnachten, Jimmylein.«

»Frohe Weihnachten, Oleg«, antwortete er gequält. Er konnte es kaum ertragen, wenn ihn der Russe mit seinem Spitznamen ansprach. Die übertriebene Vertrautheit erinnerte ihn immer daran, dass er eigentlich ein Leibeigener des Oligarchen war.

Loidl öffnete der Gruppe die Schwungtür der Talstation, und alle betraten den gut geheizten Wartesaal, der vollkommen restauriert seinem Originalzustand aus dem Jahr 1927 entsprach, dem Jahr, in dem auch die Seilbahn erbaut worden war. Von der Decke hingen Girlanden aus Tannenzweigen mit roten, weißen und blauen Kugeln. Mitten im Raum thronte ein Christbaum, der mit seinen drei Metern bis zur Decke reichte. Auch er war mit Glaskugeln in den Farben der russischen Nationalflagge dekoriert. Oleg Kerschakow schritt zur Kassa und begann sein kindisches Spiel.

»Wie viele Personen?«, fragte ihn ein junger Mann in blauer Uniform und mit roter Kappe.

Mit sichtlichem Vergnügen zählte Kerschakow seine Begleiter und antwortete dann: »Zehn Erwachsene, zwei Kinder.«

Er nahm die Karten in Empfang und ließ seine Gäste

vorbeidefilieren, während er jedem eine Fahrkarte in die Hand drückte. Dann erst betrat die Gruppe zusammen die silberfarbene Gondel. Ein Schaffner – ebenfalls in blauer Uniform und mit roter Kappe – nahm die Tickets in Empfang und zwickte mit einer kleinen Zange in das Feld »Bergfahrt«. Ein Läuten erklang, und wenig später schwebte die Gondel in Richtung Bergstation. Kerschakow blickte stolz aus dem Glasfenster seiner Seilbahn auf seinen Berg mit seinem Hotel und seinen Skihängen. Und in der Gondel befanden sich seine Leute. Sein Weihnachten konnte kommen.

Josef Loidl und die Security-Männer wurden nach der Ankunft wieder zurück ins Tal geschickt. Sie sollten die ankommenden Gäste in Empfang nehmen und ihnen den Weg nach oben weisen. Er erwartete schwerreiche Manager mit ihren Familien. Milliardärskollegen gewissermaßen. Kerschakow selbst war Großaktionär beim Erdgasriesen Gazprom sowie Aktionär bei Luiköl, dem größten russischen Erdölkonzern, und ein enger Vertrauter Wladimir Putins*. Insider vermuteten, dass Kerschakow sein geschätztes Vermögen von vierzig Milliarden Dollar mit Putin teilen musste.

Vor einem Jahr hatte der Oligarch erstmals Weihnachten am Feuerkogel gefeiert, und spätestens dann hatte auch der letzte Ebenseer gewusst, dass die orthodoxen Russen Weihnachten am 7. Jänner beginnen. Oleg Kerschakow zeigte seinen Freunden stolz sein Berghotel, das ebenfalls nach Plänen aus dem Jahr 1937 wiedererrichtet worden war. Dies war die Bedingung gewesen, die Bürgermeister Gerhard Loidl gestellt hatte. Nur dann würde er den Kauf des Berges bei Gemeinde, Bund und Land unterstützen und ermöglichen,

---

* Obwohl die Ebenseer das weiche »d« kaum aussprechen konnten, nannten sie den russischen Präsidenten überraschenderweise »den Budin«.

hatte er gesagt. Immerhin war der Feuerkogel seit Generationen der Hausberg der Ebenseer und ein beliebtes Skigebiet mit Tradition.

Kerschakow hatte alle mit seinem Geld überzeugt. Die Bewohner des kleinen Alpendorfes erfuhren erstmals, was wirklicher Reichtum war. Alle Seilbahnbediensteten, Pistenarbeiter und Skilehrer behielten ihre Jobs. Allen Hotels, Gasthöfen und Frühstückspensionen wurden ihre Verdienstausfälle fürstlich entlohnt. Die Gemeinde erhielt die finanziellen Mittel, eine neue Schule und ein neues Hallenbad zu bauen, der Sportplatz wurde überdacht und mit beheizbarem Rasen ausgestattet. Schließlich erhielten alle Einwohner im Alter von null bis unendlich eine Jahreskarte für Postbus und Eisenbahn geschenkt, um zum Skifahren in die benachbarten Gebiete ausweichen zu können. Und zu guter Letzt ließ Kerschakow das Dach der Pfarrkirche neu decken und versprach, freiwillig an die Gemeinde Kommunalsteuer in Millionenhöhe zu zahlen. Die Marktgemeinde Ebensee war ihre finanziellen Sorgen für alle Zeiten los.

Als Kerschakow dann noch jedem Ebenseer eine neue Holzmaske für den Fetzenzug* schnitzen ließ, war der Bann endgültig gebrochen. Ab diesem Zeitpunkt war er für alle im Ort der Oli.

Jetzt waren sämtliche Chauffeure des Ortes mit ihren Fahrzeugen im Einsatz. Nach jeder Landung eines Hubschraubers fuhren sie zum Sportplatz, dem Landeplatz, um die

---

* Beim Ebenseer Fetzenzug handelt es sich um einen jährlich am Faschingsmontag in und um Ebensee stattfindenden Faschingsumzug, dessen genaue Ursprünge nicht geklärt sind. Die Teilnehmenden, die sogenannten »Fetzen«, kleiden sich in alte Frauengewänder, an die Lumpen genäht sind. Sie tragen einen Fetzenhut sowie eine kunstvoll geschnitzte Holzmaske. Der Fetzenzug ist ein riesiges Saufgelage und trotzdem seit 2011 Weltkulturerbe.

Neuankömmlinge zur Seilbahn zu kutschieren, wo Jimmy Loidl übernahm und ihnen den Weg zur Gondel wies. Oli hatte das so angeordnet. Es wäre ein Leichtes gewesen, die Gäste mit dem Helikopter auf den Berg zu fliegen, aber er wollte, dass alle sein Lieblingsspielzeug, die Seilbahn, kennenlernten.

Loidls Vermutung, dass alle Gäste Manager waren, bewahrheitete sich. Nur trafen sie nicht mit ihren Familien ein, sondern mit bildhübschen, wohlgebauten Studentinnen, die ohne Ausnahme in sündteuren Pelzmänteln steckten. »Diese elendigen Gauner mit ihren Schnallen«, fluchte er leise vor sich hin. Jimmy hasste Oli und dessen superreiche Freunde, denn seiner Meinung nach wurde nur derjenige dermaßen reich, der jemand anders etwas wegnahm. Und ihm hatten sie den Berg weggenommen.

Zu seiner Überraschung wurden mit den letzten Transporten immer mehr junge Männer in Trainingsanzügen zur Seilbahn gekarrt. »Spartak Moskau«, stand auf ihren Rücken. Dann erinnerte Jimmy sich wieder, dass der Profiverein und Fünfter der russischen Meisterschaft dem Oligarchen persönlich gehörte. Die Sportler hielten Wodkaflaschen der Marke »Stolichnaya« in Händen, waren etwas wackelig auf den Beinen und sangen laut russische Lieder.

Nach drei Bergfahrten hatte Jimmy alle Gäste auf den Berg begleitet und stieg selbst aus. Es war schon gegen Mittag, die Sonne schien mild auf die Schneemassen. Von der Bergstation hatten die Pistenarbeiter mit der Fräse einen schmalen Gang zum Hotel herausgeschnitten. Bis zum Eingang waren es nur wenige Schritte. Im Foyer überraschte die Russen wieder Weihnachtsdekoration in Landesfarben, sie wurden an der Rezeption erwartet und in ihre Zimmer gebracht. Jimmy ging zum Chefbüro und umarmte Christl, seine Ehefrau. Sie waren seit zwei Jahren verheiratet, nachdem sie sich am Feuerkogel kennengelernt hatten. Oleg Kerschakow hatte sie von einem Viersternehotel in Bad Aussee abgeworben und als Managerin in seinem Hotel angestellt. Sie war mittelgroß, schlank und trug ihre schwarzen Haare zu einem Zopf zusammengebunden. Das rot-schwarz-rote Dirndlkleid mit der goldenen Kleiderschürze passte ihr wie angegossen.

»Der Ausschnitt ist zu tief«, jammerte Jimmy wie immer, stand jedoch mit seiner Meinung allein auf weiter Flur. Nach der Umarmung ging er auf die Knie, umfasste sie und küsste ihren Bauch. »Wie geht es unserem Loidl?«

»Woher weißt du, dass es ein Bub wird?«

»Ich weiß es eben. Er wird auch Josef heißen und Skirennfahrer werden. Nicht so ein verkrüppelter Skilehrer wie sein Vater, sondern Olympiasieger in der Abfahrt.«

»Ich glaube eher, es wird eine Lisa, die später als Dolmetscherin im Auswärtigen Amt arbeitet.«

Sein Handy läutete. Er stand auf, umarmte Christl und küsste sie noch einmal, bevor er sich verabschiedete. »Ich soll mit den Kickern noch Ski fahren gehen. Die ganze Truppe ist zwar schon stockbesoffen, aber Oli will, dass sie den Berg erleben.«

Während sich die Männer für das Skifahren ausrüsteten, stand er vor dem Hotel, zündete sich eine Zigarette an und blickte nachdenklich ins Tal. Der Ort und der Traunsee lagen unter ihm. Josef »Jimmy« Loidl wusste, dass das Kind, das seine Frau in sich trug, nicht von ihm sein konnte, denn er war zeugungsunfähig. Die niederschmetternde Diagnose hatte er nach seinem Unfall von den behandelnden Ärzten der Universität Innsbruck erhalten. Und als ihm am dritten

Adventsonntag seine Christl erfreut mitgeteilt hatte, dass sie schwanger war, wusste Jimmy genau, was passiert sein musste. Der Oligarch hatte sie oft gebeten, am Abend noch im Hotel zu bleiben und nicht ins Tal zu fahren. Anfangs hatte Jimmy damit kein Problem gehabt, aber als Christl Anfang Dezember ein schickes Auto vor ihrem gemeinsamen Haus geparkt hatte, war er misstrauisch geworden. »Oli hat mir als Erfolgsprämie einen VW GTI Cabrio geschenkt und mein Gehalt verdoppelt«, hatte sie sich gefreut.

Jimmy stapfte mit den Fußballern zum Lift. Das Hochkommen machte ihnen wenig Probleme, eher die Abfahrt. Das Hochplateau des Feuerkogels war eine einzige Schneelandschaft. Ein Feriendorf, drei Skihütten und vier Almhütten hatte der Oligarch abreißen lassen. Es gab nur das Hotel. Von dort hörte Jimmy jetzt einen Mann schreien: »Komm auf den Heumadhgupf und lass uns ein paar Zöpfe flechten.« Oli saß mit einem weißen Skioverall bekleidet auf einem Motorschlitten, startete und zog den Hang hinauf. Loidl schickte die besoffenen Männer in das Hotel zurück, die das nicht weiter zu stören schien, und folgte ihm mit dem Skilift.

Die beiden Männer stellten sich nebeneinander auf, dann fuhr Jimmy los, setzte den ersten Schwung nach rechts und legte die Spur bis zum Hangende. Oleg Kerschakow durchkreuzte jeden seiner Schwünge, sodass beide Spuren schließlich ein Zopfmuster ergaben. In der nächsten Stunde zeichneten sie einen Zopf nach dem anderen in den Tiefschnee.

»Und jetzt über die Hausbergkante«, schlug Kerschakow voller Übermut vor. Immer wieder verlangte er von Loidl, mit ihm dieses Kunststück zu wagen, und jedes Mal verweigerte dieser seinem Chef den Sprung, obwohl Oleg ausgezeichnet Ski fahren konnte – er war in Sotschi geboren und aufgewachsen. Für die Hausbergkante brauchte er noch Zeit. Dennoch sagte Jimmy diesmal: »Bald, vielleicht sogar schon morgen. Siehst du den schmalen Streifen Tiefschnee neben dem schwarzen Lift? Dort könnten wir einen Zopf flechten und dann direkt auf die Kante zufahren.«

»Warum fährt ein österreichischer Skilehrer mit einem russischen Oligarchen am 6. Jänner um zweiundzwanzig Uhr bei Flutlicht ausgerechnet über die Hausbergkante?«

Jimmy blickte seinen Bruder überrascht an. »Wird das jetzt ein Verhör?«

»Rede keinen Blödsinn. Du bist der einzige Zeuge. Und jetzt erzähle.«

»Kerschakow hat am Abend einen Weihnachtsempfang für circa fünfzig Gäste gegeben, darunter das Fußballteam und das gesamte Seilbahn- und Hotelpersonal. Etwas eigenartig, denn das russische Weihnachtsfest beginnt erst um vierundzwanzig Uhr. Zuvor wird gefastet und gebetet. Außerdem erschien schon Väterchen Frost – eine Art Weihnachtsmann –, um allen ein Weihnachtsgeschenk zu überreichen. Auch das war irgendwie seltsam, denn normalerweise wird in Russland am Silvesterabend beschert.«

»Mich interessieren keine russischen Weihnachtsbräuche, ich will wissen, was an dem Abend geschehen ist«, unterbrach Franz Loidl seinen Bruder.

»Es wurde das Feinste vom Feinsten serviert, dazu flossen Unmengen Krimsekt und Wodka. Oli hielt sich zurück und ich genauso. Wie du weißt, trinke ich keinen Tropfen Alkohol.«

»Verstehe ich das richtig? Die gesamte Gästeschar war völlig besoffen, nur ihr beide wart nüchtern?«

»Genauso war es. Um kurz vor zehn Uhr hat er dann den Festsaal verlassen und erschien wenige Minuten später in seinem weißen Skioverall. Er befahl mir, die Flutlichtanlage und den Skilift einzuschalten, und sagte dann: ›Komm, Jimmylein, jetzt fahren wir durch den schmalen Streifen Tiefschnee neben dem schwarzen Lift, flechten einen Zopf, und dann geht es über die Hausbergkante. Das ist mein Geschenk an uns. In zwei Stunden ist Weihnachten.‹«

Die Bergretter begannen, die Bergeseile hochzuziehen und den Kran abzubauen. Neben dem schwarzen Sack kniete ein kleiner rundlicher Mann, er hieß Balthasar Loidl und war der Gemeindearzt.

»Klassischer Genickbruch, durch den Ast schwerste Verletzungen im Brust- und Darmbereich. Der Mann war sofort tot!«, rief er seinen beiden Cousins zu. »Ich fahre jetzt wieder ins Tal und stelle einen Totenschein aus«, sagte er zum Polizeikommandanten, der nickte und sich wieder seinem Bruder zuwandte.

»Und ihr seid den schwarzen Hang runter?«

»Mit Zopferlmuster. Ich fuhr vor, Oli ganz knapp hinter mir. Die letzten Meter zogen wir schnurgerade auf die Kante zu. Er wollte es so.«

»Und dann?«

»Dann ging ich kurz in die Hocke, schnellte hoch und landete nach zehn Metern auf dem kleinen Felsvorsprung, von dem der Weg zurück zur Piste führt.«

Franz Loidl wurde unfreundlich. »Ich kenne die Hausbergkante, bin sie selbst schon Hunderte Male gefahren und weiß, wie man sie springt. Aber wusste Oli das auch?«

Jimmy schwieg. Er hatte absichtlich einen viel zu kurzen Anlauf gewählt. Aufgrund seines athletischen Körperbaus hatte er damit keine Probleme gehabt, Oli schon. Während er sicher landete und weiterfuhr, hatte er hinter sich einen schrillen Schrei gehört. Todesangst pur. Dann Stille.

»Ich habe dich gefragt, ob Oli auch wusste, wie man die Hausbergkante springt.«

»Während der Liftfahrt habe ich ihm genau erklärt, wie man die Kante nehmen muss.«

»Du weißt aber schon, dass du Probleme bekommen wirst, Bruderherz?«

»Wieso Probleme? Oli hat mir den Sprung befohlen, er war mein Dienstgeber. Außerdem war er im vollen Besitz seiner geistigen Kräfte und für sich selbst verantwortlich.«

Jimmys Onkel, der Bezirksrichter Oskar Loidl, schloss sich später dieser Meinung an und sprach ihn bei der Verhandlung im Bezirksgericht Gmunden frei.

Im Juni kam Jimmys und Christls Tochter Lena zur Welt. Zur Taufe waren fast sämtliche Einwohner von Ebensee erschienen, darunter auch mindestens sechzig Loidls.

Nach der Taufzeremonie nahm Josef »Jimmy« Loidl das kleine schwarzhaarige Bündel Mensch zärtlich in seine Arme und hob das Gesicht der Kleinen ganz nah zu sich heran. Langsam schritt er zum mittleren Seitenaltar der Pfarrkirche, dessen Altarbild die Einheimischen das Ebenseer Weihnachtskripperl nannten. Es stammte von einem unbekannten Barockmaler.

Es zeigte eine in eine Schneelandschaft eingebettete kleine Almhütte und davor die Heilige Familie mit der Krippe. Dahinter ragte steil der Feuerkogel auf. Unhörbar für alle andern begann er mit leiser Stimme, seiner Tochter ein Geheimnis anzuvertrauen. »Ich werde dir das nur ein einziges Mal in deinem ganzen Leben erzählen.«

Dann begann er mit leiser Stimme zu singen.

Auf da Hausbergkantn
Auf der Kante des Hausberges
liegt a tode Antn.
liegt eine tote Ente.
Sie hat vom Skifoan endli gnua.
Ihr reicht das Skifahren.

Und diese tode Antn
Und diese tote Ente
auf der Hausbergkantn
auf der Kante des Hausberges
gibt dir a Leben lang a Rua.
stört dich nie mehr.

Lena Avanzini

Hausfrauenroman mit Punsch

»Was gibt's denn zum Abendessen? Buchstabensuppe?« Tassilo Engelharts Ungeduld und sein Überschuss an Magensäure vermischten sich zu einem grimmig grummelnden Gebräu.

Keine Antwort von Lieselotte. Sie tippte verbissen und tat, als hätte sie ihn nicht gehört.

So durfte das nicht weitergehen! Gut, zweiundzwanzig Jahre lang hatte sie anstandslos ihre hausfraulichen Pflichten erfüllt, hatte seine Hemden gebügelt, die Kinder großgezogen, die Wohnung auf Hochglanz gebracht und ihn bekocht. Sogar aufs Vortrefflichste bekocht, das musste man ihr lassen. Nur deshalb hatte ihre Ehe überhaupt so lange gehalten. Denn mit Witz oder Klugheit war Lieselotte nun wirklich nicht gesegnet, und rein äußerlich hatte sie sich von einem schüchternen Mauerblümchen in ein fettes Mauerblümchen verwandelt. Da aber bekanntlich die inneren Werte zählten, hatte er großzügig darüber hinweggesehen und seine unverminderte Libido mit seinen Sekretärinnen ausgelebt, die halbjährlich wechselten und immer jünger und blonder wurden.

Dieses Arrangement hatte bis vor Kurzem bestens funktioniert. Bis zu jenem verhängnisvollen Tag, an dem Lieselotte einen Rappel gekriegt und sich zu einem Volkshochschulkurs angemeldet hatte: »Creative Writing für Powerfrauen« oder so ähnlich. Seither verbrachte sie Stunden an ihrem Schreibtisch, ließ das Essen anbrennen oder tischte gleich Fertiggerichte auf. Seine Socken hatten plötzlich Löcher, die Hemden waren ungebügelt, und bei Zugluft schwebte eine

Armada aus Wollmäusen durch die Wohnung. Und das drei Tage vor Weihnachten! Es war höchste Zeit, andere Saiten aufzuziehen.

»Lieselotte!« Er hypnotisierte ihren Hinterkopf, als könnte er sie so zwingen, ihn zu beachten.

Doch ihre Finger hackten ungerührt weiter auf die Tastatur des Laptops ein. Jeden einzelnen Anschlag empfand er als Provokation.

»Ich habe Hunger!«, schrie er.

Endlich drehte sie den Kopf und lächelte ihn an. »Entschuldige, Schatz. Hab dich gar nicht gehört.« Ein devotes Lächeln. Wenigstens das hatte sich in zweiundzwanzig Ehejahren nicht geändert. »Stell dir vor, ich bin fertig. Möchtest du den Schluss hören?«

Er schlug die Hände über dem Kopf zusammen. »Himmel, nein! Verschone mich mit deinen Schundgedichten.«

»Es ist ein Roman.«

»Dann verschone mich eben mit deinem Hausfrauenroman.«

Ihr Lächeln entgleiste. Die Lippen formten stumm das Wort »Hausfrauenroman«, beleidigt runzelte sie die Stirn. »Das Essen ist gleich fertig«, sagte sie kühl, erhob sich und tippelte in die Küche.

Er hörte sie mit Geschirr klappern und »Feliz Navidad« summen, dieses dümmste und penetranteste aller Weihnachtslieder. Als wenige Sekunden später die Mikrowelle piepte, rechnete er schon mit dem Schlimmsten: mit einer weiteren Fertiglasagne. Das unsägliche Gericht, das wie seine eigene versalzene Verpackung schmeckte, hatte sie ihm in dieser Woche schon zweimal vorgesetzt.

Als sie kurz darauf mit dampfenden, duftenden Klößen in den Raum trat, hob er verwundert die Brauen.

»Lebkuchennockerl mit Vanillesoße und Gewürzbirnen nach einem Rezept deiner Mutter«, sagte sie und kredenzte ihm dazu ein Glas Punsch.

Fast wäre er wieder mit ihr und der Welt versöhnt gewesen, denn Mehlspeisen – vor allem Mutters Mehlspeisen – liebte er über alles. Aber die Nockerl kauten sich zäh, und die Vanillesoße schmeckte so blass, wie sie aussah. Nach wenigen Bissen schob er den Teller weg und meditierte über seinem Punschglas. Es ließ sich nicht länger leugnen: Lieselotte war nur noch eine Last. Vorbei die Zeiten mehrgängiger Menüs, die eine Gault-Millau-Auszeichnung verdient gehabt hätten. Seine Frau konnte ihm nichts mehr bieten.

Ich muss mir überlegen, wie ich sie am günstigsten loswerde, dachte er und prostete ihr zu. Sollte er vor oder nach Weihnachten über eine Scheidung sprechen? Er nahm einen Schluck vom Punsch. Wenigstens der erfüllte seine Erwartungen: Er war heiß und schmeckte süß und nach reichlich Rum. Tassilo leerte sein Glas in einem Zug. Oder wäre ein als Unfall getarnter Mord die bessere Lösung? Auf jeden Fall die billigere, dachte er. Er könnte sie zum Eislaufen auf dem Reintaler See überreden, sie auf dünnes Eis führen und warten, bis ihr Gewicht ihr zum Verhängnis würde. Oder mit ihr den Weihnachtsmarkt auf der Kufsteiner Festung besuchen und sie nach dem dritten Glühwein über die Festungsmauer stoßen. Bestimmt würde sich Lieselotte ihr Lebenslicht lieber in der Perle Tirols ausblasen lassen als in einem eisigen See, wenn sie denn die Wahl hätte. Er rieb sich die Hände. »Ausgezeichnet!«

»Danke.« Natürlich bezog sie seinen Kommentar auf den Punsch und füllte sein Glas ein zweites Mal. »Das Rezept spielt übrigens auch in meinem Roman eine wichtige Rolle.«

»Dann handelt es sich also um einen Hausfrauenroman

mit Punsch«, sagte er mit unverhohlenem Sarkasmus. Warum sollte er sich auch verstellen? Ihr Stolz auf dieses dämliche Getippsel war regelrecht peinlich. »Wie lautet denn der Titel? ›Liebe nach dem dritten Punsch‹?«

»Mit Liebe hat mein Text nichts zu tun. Es ist ein Thriller.«

Tassilo lachte schallend. Er konnte sich gar nicht mehr beruhigen. »Was?« Keuchend wischte er sich eine Träne aus dem Augenwinkel. »Ein Thriller? Du? Meine Lieselotte mit langem i wie in ›bieder‹ hat einen blutigen Thriller geschrieben?«

»Ganz unblutig«, erwiderte sie und lächelte. Nicht mehr devot, fand er, sondern eher dümmlich. »Aber bitterböse und aus dem Leben gegriffen.«

Tassilos verächtliche Handbewegung sah Lieselotte nicht mehr. Sie trug schon die Teller in die Küche und summte dabei wieder den seichtesten aller Weihnachtsohrwürmer, der ihm Übelkeit bereitete. Um sein Unbehagen hinunterzuspülen, trank er rasch sein zweites Glas leer. Der Alkohol machte sich als leichter Anflug von Schwindel bemerkbar. Nicht unangenehm. Ächzend erhob er sich. Lieselottes Worte kreisten in seinem Kopf. *Thriller. Rezept. Aus dem Leben gegriffen.*

Die Neugier, dieses alte Luder, ließ ihm keine Ruhe. Er musste nachsehen. Auf den wenigen Metern zu ihrem Arbeitsplatz überrollte ihn die Übelkeit mit voller Wucht. Vermutlich lagen ihm die elenden Klöße im Magen. Er taumelte. Musste sich an der Schreibtischplatte festhalten. Sein Magen zog sich schmerzhaft zusammen. Er bewegte die Maus, starrte auf den Bildschirm und die geöffnete Word-Datei. Buchstabierte die Worte in der Kopfzeile des Dokuments: »Tod im Punschglas« von Lilo Engelhart. Eisiger Schweiß trat ihm auf die Stirn. Seine Hand zitterte, als er zum Ende scrollte und den Schlusssatz las. Sein Herz geriet ins Stolpern. Für ein, zwei Augenblicke vergaß es weiterzuschlagen. »Und Tassilo ver—«

Da galoppierte es plötzlich wieder los, als müsste es die versäumten Schläge nachholen und zu einem Endspurt ansetzen. Tassilo Engelhart würgte, hustete, röchelte, fiel und schlug wie ein gefällter Baum auf dem Parkettboden auf. Sah noch, dass Lieselotte sich über ihn beugte und ihn anlächelte. Weder devot noch dümmlich, sondern verschlagen und irgendwie befreit.

»Verschied«, sagte sie.

Immer muss sie das letzte Wort …, war sein letzter Gedanke. Leider unvollständig.

Michael Gerwien

Gesegnetes Fest

»So, fertig.« Monika Stadlhofer blickte stolz auf den geschmückten Weihnachtsbaum in der wohlig warm beheizten Stube. Kleine bemalte Schlitten, rot lackierte Weihnachtsmänner aus Holz und winzige bunte Glasvögelchen hingen neben gelben Strohsternen und glänzenden roten Glaskugeln.

Draußen hatte es vor zwei Stunden zu schneien begonnen. Inzwischen lag der Neuschnee bereits gut zehn Zentimeter hoch im Garten und auf den umliegenden Feldern. Wie romantisch. Endlich würde es wieder einmal weiße Weihnachten geben.

Geschäftig eilte sie in die Küche, um zu sehen, wie weit die Gans im Ofen war. Ein köstlicher Duft nach Äpfeln, Gewürzen und Fleischfond strömte ihr entgegen, als sie die Herdklappe öffnete. Fast perfekt gebräunt. Das Federvieh brauchte nicht mehr lang, die Kartoffelknödel lagen schon parat, das Blaukraut war so gut wie durch. Alles bestens. Ihr Sohn Julian, der seit zwei Jahren in Innsbruck lebte und studierte, konnte kommen. Und das Christkind natürlich auch.

Ihr Mann Herbert durfte sich ebenfalls langsam auf den Heimweg machen. Wie jedes Jahr vor der Bescherung saß er mit seinen Freunden vom Fußballstammtisch auf ein paar Biere im »Dorfwirt«. Einerseits hätte er ihrer Meinung nach wenigstens am Heiligen Abend einmal auf seine Sauferei verzichten können, andererseits konnte sie das alljährlich wiederkehrende Familienfest so wenigstens in aller Ruhe vorbereiten. Seine ständigen cholerischen Anwandlungen hätten ihr nur zusätzlichen Stress beschert.

»Lieber Gott, bitte mach, dass ihm heute keiner seiner Freunde widerspricht und dass er gut gelaunt ist«, murmelte sie, während sie den Tisch deckte. »Andernfalls dürfen Julian und ich es wieder ausbaden.«

Als sie fertig war, stieg sie über die knarrende alte Holztreppe im Flur ins Schlafzimmer hinauf, um sich umzuziehen. Ihr knielanges schwarzes Kleid war genau das Richtige für den feierlichen Anlass. Wo blieb Julian bloß? Er hatte doch vor über einer Stunde angerufen und gesagt, dass er gleich losfahren würde. Seit wann brauchte er so lange von Innsbruck aus bis hier heraus zum Hof? Merkwürdig.

»Jemand zu Hause?«

Herbert. Wenigstens er war pünktlich. Hoffentlich war er auch einigermaßen nüchtern. Wenn nicht, würde sie mit Julian fliehen. In ein Wirtshaus weit weg von hier oder sonst wohin. Das schwor sie sich. Sie hatte nicht die geringste Lust auf Streit. Geschweige denn auf seine brutalen Faustschläge. Nicht schon wieder. Und schon gar nicht heute.

»Ich bin hier oben im Schlafzimmer!«, rief sie. »Bin gleich unten.« Sie rückte ihren durchsichtigen schwarzen BH zurecht. Herbert hatte ihr das sündhaft teure Prachtstück im Sommer aus Salzburg mitgebracht. Ein vorgezogenes Weihnachtsgeschenk, hatte er damals gesagt, und sie hatte sich riesig darüber gefreut. Jetzt wunderte sie sich darüber, dass er so knapp saß. »Verflixt noch mal. Diese blöden Knödel werden auch immer größer«, schimpfte sie vor sich hin. »Bald brauche ich zwei Körbchengrößen mehr.«

»Ich finde sie schön so«, vernahm sie eine Stimme hinter sich.

»Also wirklich, Herbert.« Sie drehte sich um und hielt überrascht inne. »Stefan? Du meine Güte. Wie bist du denn hereingekommen?« Sie starrte den jüngeren Bruder ihres

Mannes an. Der Stimme nach hätten die beiden schon immer ein und dieselbe Person sein können. Kein Wunder, dass sie ihn nicht gleich erkannt hatte.

»Die Tür war offen«, erwiderte er.

»Aber ... ich dachte, du bist in Kanada.« Ihr Mund blieb vor Staunen offen stehen.

»Jetzt bin ich jedenfalls hier.«

»Das muss gut drei Jahre her sein, dass du fort bist. Wieso kommst du ausgerechnet an Weihnachten zurück?«

»Das Fest der Liebe. Ich hatte Sehnsucht nach dir.« Er betrachtete sie eingehend von oben bis unten. »Außerdem hatte ich beruflich in Innsbruck zu tun.«

»Aber das haben wir doch alles längst geklärt.« Sie schüttelte unwillig den Kopf. »Das mit uns war ein einmaliger Ausrutscher. Ich bin nun mal mit Herbert verheiratet. Punkt.«

»Mit einem brutalen Trinker und Schläger.«

»Er hat auch seine guten Seiten«, protestierte sie. Mein Gott, richtig gut sieht er aus mit seinem dichten schwarzen Haar und den stahlblauen Augen, dachte sie währenddessen. Dazu noch rank und schlank wie eh und je. Er hatte sich kaum verändert. Ganz anders als Herbert, dessen Bierwampe von Tag zu Tag größer wurde, genau wie seine Glatze. Der gut geschnittene dunkelgraue Anzug, den Stefan trug, stand ihm ausgezeichnet. Die Erinnerung an die kurze, aber wunderschöne Zeit mit ihm wurde immer stärker, ohne dass sie sich dagegen wehren konnte.

»Ich kann dich nicht vergessen.« Er ging langsam auf sie zu. »Komm mit mir nach Kanada. Ich habe dort ein kleines Vermögen mit Holz gemacht. Ich lege dir die Welt zu Füßen. Eine schöne Villa, ein sorgenfreies Leben und meine ewige Liebe.«

Sein Blick verriet ihr, dass er es ehrlich meinte. »Bleib

sofort stehen, oder ich rufe um Hilfe.« Ihre Stimme zitterte vor zunehmender Erregung. Ihre Knie drohten den Dienst zu versagen. Sein Geruch, seine Stimme, sein Körper, alles an ihm war dabei, ihr wie damals den Atem zu rauben. »Außerdem kann Herbert jeden Moment heimkommen. Der bringt uns glatt um. Du kennst ihn doch.«

»Keine Angst. Der sitzt im ›Dorfwirt‹ und säuft.« Er wusste natürlich, worauf sie anspielte. Vor drei Jahren hatte Herbert Wind von ihnen beiden bekommen und Stefan daraufhin mit einem Holzprügel vom Hof gejagt. »Ich bin vorhin dort vorbeigefahren und habe ihn durch das Fenster gesehen. Sonst wäre ich gar nicht hergekommen. Von ihm will ich nichts, nur von dir.«

»Aber es geht nicht, Stefan. Sieh es doch bitte endlich ein.«

»Hör schon auf, Monika.« Er legte seine Arme um ihre Hüften. »Du kannst alles von mir haben. Draußen steht mein Auto. Du musst nur mit mir einsteigen, und schon sind wir weg.«

»Stefan, nein!« Sie unternahm zwei, drei halbherzige Versuche, sich aus seinem Griff zu befreien.

»Doch.« Sein Gesicht kam immer näher. Er küsste sie. Leise seufzend gab sie ihren Widerstand auf.

»Monika! Was soll das?« Wie aus dem Nichts stand Herbert in der Tür und starrte leicht hin und her wankend wütend zu ihnen hinüber.

»Herbert!« Panisch sah sie ihn über Stefans Schulter hinweg an. »Ich habe dich gar nicht reinkommen hören. Wie war's beim Stammtisch? Stell dir vor, Stefan ist ganz überraschend aus Kanada zu Besuch gekommen.«

»Da schau her. Der feine Herr Bruder. Daher der Angeber-Mercedes vor der Tür. Was willst du hier, Arschloch?« Herbert hörte sich alles andere als freundlich an. »Bewundern sie dich nicht mehr genug in Kanada? Ja mei, gut ausschaun und den Weibern schöntun reicht halt nicht im Leben, hab ich recht?«

Stefan drehte sich zu ihm um. »Servus, Herbert.«

»Und das war wohl gerade euer kleiner Begrüßungskuss?« Herberts Stimme durchschnitt die Luft wie ein Peitschenhieb. Lauernd blickte er von einem zum anderen. »Fast ein bisserl intim, so halb nackt, oder? Vielleicht wäre ich doch besser beim Stammtisch geblieben. Dann hättet ihr mehr Zeit für euch gehabt. Wie damals.«

»Ich dachte erst, du wärst heimgekommen, und dann war ich total überrascht, als Stefan in der Tür stand. Ist ja eh nix weiter passiert, Herbert. Nur ein Busserl. Jetzt beruhige dich doch.« Monika errötete.

»Ach, wirklich? Und beruhigen soll ich mich? Du kommst auf der Stelle mit mir in die Stube runter, Bürscherl.« Herbert nickte seinem Bruder knapp zu. »Und du ziehst dir was Anständiges an«, wandte er sich in barschem Tonfall an Monika. »Aber ein bisschen plötzlich!«

»Aber, Herbert, lass dir doch erklären …« Stefans Hände glitten von ihren wohlgeformten Hüften.

»Nix!«, brüllte Herbert mit hochrotem Kopf. »Geh ma!«

»Na gut. Wie du meinst.« Stefan nickte.

»Beeil dich, Monika. Oder willst du den Heiligen Abend etwa nackt verbringen?« Herbert warf seiner Frau einen verächtlichen Blick zu.

»Nein, um Himmels willen. Ich ziehe mich schnell an und komme dann zu euch. Nehmt euch solange ein Bier. Und bitte vertragt euch endlich wieder.« Sie ahnte, dass die Sache ein Nachspiel für sie haben würde. Herberts Eifersucht und sein Zorn waren ihm deutlich anzusehen.

Außerdem schien er reichlich betrunken zu sein. Sie konnte seinen ungefähren Pegel nach all den Jahren an seinem Blick ablesen.

»Wo ist Stefan?«, wollte sie von Herbert wissen, als sie wenig später die Stube betrat. Ihr Mann saß allein am Esstisch.
»Der Angeber ist gegangen.« Er starrte sie mit versteinerter Miene an.
»Gegangen? Aber er ist doch gerade erst gekommen.«
»Und ist schon wieder weg. Oder siehst du ihn irgendwo?« Kein Muskel in seinem Gesicht bewegte sich.
»Aha.« Sie hob ratlos die Arme. »Und jetzt?«
»Kommt deine Weihnachtsüberraschung.« Er grinste sie mit einem irren Blick an.
»Und die wäre?« Monika befürchtete das Schlimmste. Wahrscheinlich würde er gleich wieder auf sie einschlagen. Instinktiv legte sie schützend die Arme über ihren Kopf.
»Rate mal.« Unerwartet behände erhob er sich von seinem Platz, machte zwei schnelle Schritte auf sie zu und stach ihr blitzschnell mit dem langen Tranchiermesser in seiner rechten Hand mitten ins Herz.
Sie sank auf der Stelle tot zu Boden.
»Das hast du davon, du Schlampe«, gab er ihr noch mit auf den Weg in die Ewigkeit. »Ich habe dir hundertmal gesagt, dass du mit dem Dreckskerl nie wieder ungestraft fremdgehst. Und wer nicht hören will, muss eben fühlen.«
Er packte ihre Handgelenke, schleifte sie daran auf die Terrasse hinaus und legte sie neben Stefans toten Körper, den in der Herzgegend ebenfalls ein Stich zierte. Das Blut der beiden vermischte sich und färbte rote Muster in den umliegenden Schnee. Wenn man ganz genau hinsah, konnte man darin zwei kleine Herzen erkennen.

»Jetzt könnt ihr bis zum Sankt-Nimmerleins-Tag zusammenbleiben.«

Wieder im Haus, ließ Herbert die Jalousien herunter und zündete die Kerzen am Weihnachtsbaum an. Schon sehr schön, so ein festlich geschmückter Baum, dachte er. Regelrecht warm ums Herz wird es einem bei dem Anblick.

Erneut nahm er das Messer zur Hand und öffnete, ohne zu zögern, damit die Schlagadern an seinen Unterarmen. Zwei glatte tiefe Schnitte. Der Länge nach, nicht quer. Damit es auch garantiert funktionierte.

Veronika A. Grager

Burschi

Mein früherer Name tat eigentlich nichts zur Sache. Niemand benutzte ihn. Wenn man mit mir sprach, war ich *der Köter*. Wenn mein Herrchen mit mir redete, dann sagte es: »Komm her, alter Freund, wärme mich ein bisschen.« Der letzte Mensch, der mich Burschi nannte, war mein Frauchen. Aber das war seit langer Zeit tot. Der Sandler oder Strotter, so nannten die Menschen auf der Straße mein Herrchen, sagte, sie sei vor fünf Jahren in den Himmel gekommen und dass sie es dort gut habe. Schön für sie. Denn seit der Zeit ging es für uns nur bergab. Bis wir in der Hölle landeten. Nur war sie nicht heiß, sondern scheißkalt. Wir lebten auf der Straße.

Im Sommer war das toll, besonders bei schönem Wetter. Da schliefen wir unter dem Sternenhimmel, sahen dem Mond zu, wie er über das Sternenmeer seine Bahn zog, rochen den Duft der Büsche und des frisch gemähten Grases in den Gärten. Wenn es regnete und kalt wurde, dann flüchteten wir uns in eine Unterführung oder einen U-Bahn-Schacht. Da machte zwar der Verkehr einen Höllenlärm, aber es war warm und trocken.

Doch nun war wieder einmal Winter. Unser vierter auf der Straße. Und der Sandler war krank. Schon im Sommer hatte er immer wieder einen bösen Husten gehabt, doch er hatte kein Geld für einen Arzt oder Medikamente. Er hatte dann halt ein wenig mehr getrunken als sonst.

Wir saßen jeden Tag an der gleichen Ecke und bettelten. Ich musste mich brav hinlegen und traurig schauen. Das fiel mir gar nicht schwer, denn oft knurrte mir der Magen. Der Strotter stellte seinen mit Alkohol ruhig. Ich hatte das einmal probiert. Da war mir dann kotzübel geworden, jedes meiner Beine war in eine andere Richtung gelaufen, und ich war auf die Schnauze gefallen. Und als wäre das noch nicht genug gewesen, hatte ich auch noch Dünnschiss gekriegt. Seitdem rührte ich Herrchens Alkbotteln nicht mehr an.

Aber ich beklagte mich nicht. Es ging mir mit dem Sandler nicht schlecht. Wenn er genug zusammengebettelt hatte, ging er in den nahe gelegenen Supermarkt und kaufte für mich eine Dose Hundefutter oder, wenn es mehr war, auch mal einen Sack voller Trockennahrung. Das langte dann, um ein paarmal satt zu werden. Für sich nahm er einen Wecken Brot und ein paar Fischkonserven oder eine billige Dauerwurst. Und eine Flasche Schnaps, mindestens.

Trotzdem: Als Frauchen noch lebte, war mein Tagesablauf geregelt. Die Mahlzeiten waren morgens und abends pünktlich in meinem Napf. Frisches Wasser war auch immer da. Und wenn ich zu ihr kam und meine Schnauze in ihren Schoß legte, umarmte oder streichelte sie mich. Im Winter lag ich neben dem Ofen und genoss die Wärme. Im Sommer gab es im kleinen Garten ein schattiges Plätzchen unter einer Birke. Das war so schön!

Der Strotter, der damals noch Herr Meier hieß, kriegte nach dem Tod von Frauchen nichts mehr auf die Reihe. Er ging nicht mehr zur Arbeit, dafür waren wir jeden Tag auf dem Friedhof. Dort weinte er oft wie ein kleines Kind. Das hätte ich auch gern getan, doch ich musste leise sein. Denn eigentlich waren Hunde auf dem Friedhof verboten.

Da Herr Meier nicht mehr zur Arbeit ging, wurde ihm bald gekündigt. Und als er die Miete für das kleine Haus nicht mehr bezahlen konnte, standen wir eines Tages auf der Straße. Was für ein Unterschied zu meinem bisherigen Leben als vornehmer Hund mit Haus und Couch!

Nicht nur, dass das Futter unregelmäßig und manchmal gar nicht mehr kam, ich stank, hatte Flöhe, und irgendwas juckte auch in meinen Ohren. Seitdem hörte ich immer schlechter. Für den Tierarzt hatte der Strotter natürlich auch kein Geld. Statt auf der weichen Couch lag ich jetzt auf dem Asphalt der Straße, egal, ob der heiß oder eisig war. Und manchmal war es nass, und ich fror bis auf die Knochen. Ich bekam Rheuma, begann zu hinken, besonders, wenn es kalt war, ich aufstand und die ersten Schritte machte.

Natürlich hat mich mein Herrchen nicht verprügelt. Eine Frau, die sah, wie schlecht ich gehe, hat mal das Gegenteil behauptet. Aber der Sandler konnte ja auch kaum mehr laufen. Hat die vielleicht im Umkehrschluss auch gedacht, dass ich ihn verprügle?

Aber es gab auch viele nette Leute. Eine Frau kam immer wieder bei uns vorbei. Beim ersten Mal sah sie uns, machte kehrt und verschwand. Ich dachte, sie hätte sich jetzt erschreckt, weil wir so schmutzig waren und stanken. Doch weit gefehlt! Sie kam zurück. Sie war nur schnell in den nächsten Laden gelaufen und hatte eine große Dose Hundefutter gekauft, die sie dem Sandler in die Hand drückte. »Für Ihren Hund«, sagte sie. Und ihm gab sie einen Schein mit einer Fünf drauf. Da sie wusste, dass wir immer an derselben Stelle saßen, kam sie von da an fast jeden Tag vorbei. Und hatte auch immer Futter für mich dabei. Sie war so eine liebe Dame. Sie hat mich gestreichelt und mit mir gesprochen. Und so gut gerochen! Wie Frauchen – in einem anderen Leben.

Doch dann wurde es saukalt, der Strotter hustete schauerlich, und die liebe Dame war schon tagelang nicht bei uns gewesen. Vielleicht war sie auch krank. Weihnachten stand vor der Tür, und am Abend waren die Straßen toll beleuchtet. Die Menschen hasteten an uns vorbei. Selten einmal fand einer Zeit, etwas in Strotters Hut zu werfen. Wir hungerten und froren. Ein Mann erbarmte sich schließlich und gab dem Strotter einen Fünfziger. Davon bekam ich eine ganze Packung Wurstanschnitt und dazu noch einen kleinen Sack Trockenfutter. Wäre es etwas wärmer gewesen, hätte ich mich wie im Himmel gefühlt. Mein Herrchen gönnte sich in einem Gasthaus eine warme Mahlzeit, das Menü um sechs Euro, und auf dem Weg zu unserem Schlafplatz noch ein paar Glühwein. Von dem großen Schein war bestimmt noch die Hälfte übrig.

Am nächsten Morgen stand der Sandler nicht mehr auf. Ich kroch ganz nah zu seinem Gesicht, es war total kalt. Ich leckte ihm über die Wange, doch er rührte sich nicht. Eine Frau blieb stehen und schrie gleich darauf laut. Ich verstand, warum. Der Sandler lag in einer Blutlache. Dann rief die Frau die Polizei. Die Männer holten eine Decke aus dem Auto und breiteten sie über ihn. Ich dachte, das machten sie, damit er nicht so friert. »Hat er Papiere oder Geld oder irgendwas bei sich?«, fragte einer der Beamten. Der andere schüttelte den Kopf. »Nichts. Keine Papiere, keinen Cent.«

Aber das konnte unmöglich sein. Gestern Abend waren wir doch noch reich gewesen! Aber wie sollte ich das den Polizisten begreiflich machen?

Dann sagte der eine: »Ruf die Bestattung, der ist hinüber.«

Was die Bestattung ist, wusste ich noch, denn die hatte Strotter auch gerufen, als Frauchen gestorben war. Da heulte ich ganz laut. »Was ist mit dem Köter?«, fragte ein Mann, der stehen geblieben war. »Gehörte wohl dem Sandler. Der kommt ins Tierheim.«

Nie und nimmer! Ich muss den Mörder meines Herrchens finden. Als der Beamte auf mich zukam, hetzte ich davon. Und dann? Warten.

Als die Polizei weg war und die Leute den dunklen Fleck am Boden gar nicht mehr beachteten, ja, schlimmer noch, einfach über ihn hinwegtrampelten, schlich ich mich zu dem Ort, an dem mein Herrchen gestorben war. Ich versuchte, Witterung aufzunehmen. Was gar nicht so einfach war, denn da waren schon so viele neue Spuren. Doch ein Geruch stach deutlich hervor. Er gehörte zu einem jungen Mann mit Narben und Glatze, der sich seit ein paar Wochen in der Nähe herumtrieb. Er hatte auch einen Vierbeiner, ein riesiges Vieh, das alle anderen Hunde anblaffte und manchmal auch die Zähne in ihre Hälse grub. Ich hatte Angst vor ihm.

Es waren höllische Tage und Nächte, die folgten. Ich war immer auf der Suche nach dem Haarlosen und seinem grauenerregenden Köter. Und so hungrig! Mir war so kalt wie noch nie im Leben. Und dann, eines Morgens, sah ich ihn. Der grässliche Hund bekam gerade Hundefutter aus meinem Sack, den der Sandler mir gekauft hatte, als wir einen Tag reich gewesen waren. Ich erkannte ihn genau, denn Herrchen hatte das Preispickerl vom Wurstrestepackerl einfach auf den Sack gekleistert. Also hatte dieser furchtbare Kerl den Sandler für ein paar Scheine getötet. Ich musste mir überlegen, wie ich ihn rächen konnte. Und wenn mich dabei das Riesenvieh zerfleischte? Aber was sollte das noch ausmachen? Allein konnte ich ohnehin nicht überleben. Auf die paar Tage auf oder ab kam es nicht mehr an. Ich folgte den beiden unauffällig.

Am Abend gingen sie auf einen Christkindlmarkt. Ich sah, wie der Glatzkopf immer wieder ein Börsel zog und es sofort unauffällig an den Köter weiterreichte, der es zu einem Rucksack brachte, der hinter einer Mülltonne lehnte, und hineinfallen ließ. Wenn sich mal einer darüber aufregte, dass ihn der Glatzkopf gerempelt hatte, zeigte der Dieb einfach seine leeren Hände und entschuldigte sich wortreich. Nach einiger Zeit hatte er wohl genug Geld beisammen, denn er machte sich mit seinem Vierbeiner auf zum Schnellbahnhof. Dort wurde immer schon Rauschgift vertickt, das hatte mein Herrchen gesagt.

Dort angekommen, zog der Glatzkopf einen Hunderter aus einer der gestohlenen Börsen und kaufte bei einem heruntergekommenen Kerl ein paar kleine Briefchen. In einer Ecke des Bahnhofs hockte er sich hin, entzündete eine Kerze, schüttete das Pulver auf einen Löffel, wartete, bis das Zeug flüssig war, zog es mit einer Spritze auf und jagte es sich in die Venen. Dann packte er alles wieder zusammen und nahm den Rucksack auf den Rücken. Vermutlich suchte er sich jetzt ein Nachtquartier. Ich musste handeln. Viel Zeit blieb mir nicht mehr. Mein Rheuma machte sich bemerkbar, ich war ausgehungert und halb erfroren.

Die Gelegenheit kam, als der Glatzkopf vor einer breiten Straße wartete, die er überqueren wollte. Ein Lastwagen donnerte heran. Der Glatzkopf stand ganz vorn an der Gehsteigkante. Ich mobilisierte meine letzten Kräfte, nahm Anlauf und sprang ihm ins Kreuz. Er wankte, verlor das Gleichgewicht und fiel. Sein grässlicher Köter an der kurzen Leine mit ihm. Bremsen kreischten, Menschen schrien auf.

Der Lkw konnte nicht mehr bremsen und überrollte Hund und Mörder. *Nun habe ich dich gerächt, Sandler. Jetzt ist meine Mission erfüllt.* Langsam trottete ich zum Friedhof. Irgendwann würden sie Herrchen sicher zu Frauchen ins Grab legen.

Strotter wurde tatsächlich am nächsten Tag beerdigt. Ich versteckte mich in der Nähe hinter einem Grabstein. Es waren nur zwei Menschen dabei. Einer davon war die liebe Dame, die mir immer Futter mitgebracht hatte. Als alles vorüber war, traute ich mich heraus und legte mich neben den frischen Erdhaufen. *Sandler,* fragte ich, *was soll ich denn jetzt tun?* Doch er antwortete mir nicht. Also blieb ich liegen. Leise fielen die ersten Flocken. Die Kinder würden sich über den Schnee freuen. Ich dämmerte weg. Wahrscheinlich würde ich die Nacht nicht überleben. Ob ich dann zu Strotter und Frauchen in den Himmel kam?

»Hier bist du also. Dachte ich es mir doch.«
Eine freundliche Stimme holte mich zurück ins Jetzt. Mir war so kalt, dass ich zitterte. Meine Augen waren geschlossen, ich brachte sie nicht auf. Ich spürte eine Hand, die über mein schneebedecktes Fell strich.
»Komm, mach die Augen auf. Versuch, aufzustehen. Ich kann dich nicht tragen. Du bist mir zu schwer.«
Ich versuchte es. Aber es ging nicht.
»Wart einen Moment, ich hole das Auto.« Die liebe Dame verschwand.
Kurz darauf hörte ich sie mit dem Friedhofsbeamten laut streiten, denn er wollte sie nicht mehr mit dem Wagen auf das Gelände fahren lassen, es sei schon zu spät, und er müsse gleich schließen. Doch irgendwie musste sie ihn schließlich

doch überzeugt haben, denn kurz darauf hielt ein Auto neben mir.

»So, du armer Teufel. Aber jetzt musst du mir wirklich helfen.«

Sie zog mich auf die Beine. »Herrgott, bist du mager!« Sie schubste mich Richtung Auto, öffnete die hintere Tür und schob mich genau davor. »Und jetzt, hopp!«

Mühsam aktivierte ich meine letzten Kraftreserven und kroch auf den Boden vor den Sitzen.

»Gut so. Jetzt wird dir gleich wärmer werden. Ich drehe die Heizung hoch. Und zu Hause bekommst du erst mal etwas zu fressen.«

Ich war weggedöst, wachte erst wieder auf, als der Wagen anhielt. Die Dame ließ mich aussteigen, und wir gingen zu einem kleinen Häuschen mit einem winzigen Garten davor.

»So, du armer Struppi. Das ist jetzt dein neues Zuhause. Rein mit dir.«

Meine Güte, war das herrlich warm! In einer Ecke stand ein Ofen, der eine lang entbehrte Hitze ausstrahlte. Ich ließ mich einfach davor fallen. Die Dame verschwand und erschien kurze Zeit später mit einem Napf voll Wasser und einem zweiten mit Futter wieder. Es roch so köstlich, dass ich mich noch einmal aufraffte und gierig alles in mich hineinschlang.

Als ich Stunden später aufwachte, war es Nacht. In der Dunkelheit inspizierte ich mein neues Heim. Es gab den Raum, in dem ich vor dem Ofen geschlafen hatte, das Wohnzimmer. Daneben lag die Küche, und dort fand ich in einer Ecke neues Futter und einen Napf mit Wasser. Erst dachte ich, ich würde keinen Bissen runterbringen, denn ich hatte ja heute schon so viel gefressen, doch die Futterschüssel war im Nu leer. Zuletzt gab es noch ein Badezimmer und daneben eine kleine Schlafkammer. Dort lag die liebe Dame und schnarchte. Ich legte mich vor ihr Bett und schlief sofort wieder ein.

Am nächsten Tag bekam ich ein wunderschönes Halsband und eine tolle Leine aus echtem Leder. Dann fuhr die Dame mit mir in einen Hundesalon, und ich wurde gebadet. Das hätte nun wirklich nicht sein müssen! Doch als ich danach so wunderbar duftete, war mir das schon recht. Zuletzt ging es noch zum Tierarzt, der meine Ohren behandelte und mir eine Impfung in den Hintern jagte.

»So, jetzt noch eine Wurmtablette, und dann ist er fast wie neu. Wie heißt er denn, Frau Weber? Für den Impfpass.«

Die liebe Dame sah mich fragend an. *Burschi, aber wie soll ich dir das sagen?*

Sie zuckte mit den Schultern. »Ich weiß es nicht. Schreiben Sie Struppi. Ihm wird es egal sein, und ich finde, der Name passt zu ihm.«

»Gut. Der Struppi hat also bei Ihnen ein schönes neues Zuhause gefunden. Ich hoffe, Sie haben mit ihm noch viel Freude. Frohe Weihnachten!«

Frohe Weihnachten? War es denn schon wieder so weit?

Als wir heimkamen, gab es wieder eine volle Schüssel Futter für mich. Ich fühlte mich jetzt schon wie im Himmel. Mein neues Frauchen setzte sich in einen Lehnstuhl beim Ofen. Ich warf einen Blick zum Fenster hinaus. Es hatte wieder angefangen zu schneien. Auf dem Friedhof wäre ich längst erfroren. Ich trabte zu meiner lieben Dame, legte ihr die Pfote auf den Schoß und leckte dankbar ihre Hände ab. *Frohe Weihnachten, meine Retterin.*

Sie strich mir über den Kopf, griff in ihre Jackentasche und schob mir ein köstliches Leckerli ins Maul. »Mein lieber Struppi. Ich hoffe, es gefällt dir bei mir. Schau, wie schön es draußen schneit. Da können wir morgen einen wunderbaren Weihnachtsspaziergang im Schnee machen.«

Es gefiel mir nicht nur, ich war selig. Mein neues Zuhause war warm, ich war satt, meine Ohren juckten nicht mehr, mein Fell war seidig und duftete fast so gut wie das von Frauchen. Ich hatte Sandler wirklich gerngehabt, und ich hatte ihn gerächt. Aber diese freundliche Dame liebte ich schon jetzt mit jeder Faser meines Hundeherzens.

Frohe Weihnachten, Frau Weber. Und tausend Dank! Ich werde dich immer beschützen. Wenn es sein muss, mit meinem Leben.

Elke Pistor

Pilze aus des Waldes Dunkel

Pilze aus des Waldes Dunkel,
Frisch gekocht zum Festtagsmahl,
Stopft der Gatte in den Leib.
Höret nicht auf das Gemunkel
Und das Raunen aus dem Saal
Voll Vertrau'n ins Eheweib.

Von den Weinen, die er nippt
Reichlich, er vom Stuhle kippt.
Er fällt um, ist mausetot!
Langsam kommt das Abendrot.

Und sein Weib, das fortgefahren,
heimlich laut und herzhaft lacht.
Hat sie endlich mal nach Jahren
eine heil'ge, stille Nacht.

Ernst Schmid

Endlich Weihnachten!

Endlich Weihnachten!
 Seit mehr als einem halben Jahr wartete sie sehnsuchtsvoll auf diesen Tag.
 Auf den Tag, an dem sich ihr bisheriges Leben von Grund auf ändern sollte. Das hoffte sie zumindest. Sicher war sie nicht. Zwar hatte sie alles getan, was nötig war, aber es gab zu viele Unwägbarkeiten, die ihren Plan doch noch vereiteln konnten. Sicherheit würde sie erst erlangen, wenn Kurt mausetot vor ihr auf dem Boden lag und sich nicht mehr rührte. Als sie sich seinen belämmerten Gesichtsausdruck vorstellte, wenn er bemerkte, dass etwas mit seinem heiß geliebten Heidelbeerlikör nicht in Ordnung war, musste sie kichern. Sein plötzliches Schnarchen ließ sie verstummen. Wie unvorsichtig von ihr! Kurt hatte einen sechsten Sinn dafür, wenn etwas nicht in Ordnung war. Manchmal hatte sie sogar das Gefühl, dass er Gedanken lesen konnte. Sie musste auf der Hut sein. Eine Unachtsamkeit reichte, und alles wäre umsonst gewesen. Also blieb sie im Bett liegen, obwohl sie bereits hellwach war.
 Doch nach einer Stunde hielt sie es nicht mehr aus. Sie schlich ins Wohnzimmer und warf einen Blick auf die Flasche, die er gestern aus dem Keller geholt hatte. Auf dem Etikett stand »2014«. Noch elf Stunden, dann würde der Inhalt dieser Flasche dafür sorgen, dass sie ein neues Leben beginnen konnte. Wenn alles klappte und sie es nicht vermasselte. Aber das war nicht sehr wahrscheinlich. Sie musste nur tun, was sie immer an diesem Tag tat. Dann konnte nichts schiefgehen.

Seit zwei Jahrzehnten war der Tagesablauf zu Weihnachten genau festgelegt. Kurt würde um acht Uhr aufstehen, um mit ihr zu frühstücken. Eine Tasse Kaffee und zwei Vollkornbrote, ordentlich mit Butter und Marmelade bestrichen, wie jeden Morgen. Gegen neun Uhr würde sie in die Stadt einkaufen gehen. Seit sie ihn kannte, aßen sie am Heiligen Abend Kalbsbratwürstel und Sauerkraut. Ihren Vorschlag, doch einmal etwas anderes zu speisen, hatte er vor ein paar Jahren mit dem Hinweis abgetan, dass schon seine Großeltern zu Weihnachten Kalbsbratwürste verzehrt hätten und er nicht gedenke, diese althergebrachte Familientradition zu ändern. Wie jedes Jahr würde sie den Zeitpunkt ihrer Heimkehr hinauszögern, um Kurt nicht beim Schmücken des Christbaumes zu stören. Nach dem Mittagessen würde sie eine Migräneattacke vortäuschen und sich ins Schlafzimmer zurückziehen, wo sie irgendwie die Zeit totschlagen würde, bis Kurt sie Punkt achtzehn Uhr holen und feierlich verkünden würde, dass der erhebende Moment gekommen sei, den neuen Heidelbeerlikör zu kosten. Der Form halber würde er ihr wie immer ein Gläschen anbieten, was sie wie jedes Jahr mit dem Hinweis, dass er doch genau wisse, dass sie keinen Alkohol vertrage, ablehnen würde. Daraufhin würde er sich selbst ein Gläschen einschenken, einen kleinen Schluck nehmen und ein erstes Urteil abgeben, um anschließend den Inhalt des Glases in einem Zug hinunterzustürzen. Und dann, so hoffte sie zumindest, würde eintreten, was sie geplant hatte.

Wenn alles klappte, und daran hegte sie eigentlich keinen Zweifel, würde sie ein paar Stunden später in Ewalds Armen liegen und ihr neues Glück genießen.

»Du strahlst ja über das ganze Gesicht, Schatz!«, riss sie eine Stimme aus ihren Gedanken.

»Ich freue mich einfach, weil Weihnachten ist«, log sie.
Sie hauchte Kurt einen Kuss auf die Wange und begab sich schnell in die Küche, um das Frühstück vorzubereiten. Während er genüsslich seine Vollkornbrote verschlang, nippte sie lediglich an einer Tasse Tee. Sein selbstzufriedener Gesichtsausdruck widerte sie so an, dass sie seit geraumer Zeit keinen Bissen mehr neben ihm hinunterbrachte. Trotzdem kamen ihr erste Zweifel, ob ihr Vorhaben richtig war. Kurt hatte sie immer korrekt behandelt. Er war fleißig und rechtschaffen und hatte ihr stets jeden Wunsch erfüllt. Zumindest jeden Wunsch materieller Natur. Gefühle und Emotionen waren nicht so seine Sache. Dass das Leben an seiner Seite unerträglich eintönig war, hatte sie zwanzig Jahre lang in Kauf genommen. Bis ihr Ewald über den Weg gelaufen war. Obwohl über den Weg gelaufen nicht ganz stimmte. Ewald Grabner war ihr Nachbar, seit sie hier wohnten. Nur hatte sie bis zu jenem Nachmittag, an dem er ihr geholfen hatte, den Rasenmäher in Betrieb zu nehmen, nie Notiz von ihm genommen. Das war Anfang Mai gewesen. Kurt war mit seinen Kollegen vom Sparverein über das Wochenende nach Prag gefahren, um es sich mit dem angesparten Geld einmal richtig gut gehen zu lassen. Sie war wie immer bei solchen Ausflügen daheimgeblieben und hatte sich vorgenommen, Kurt zu überraschen, indem sie den Garten auf Vordermann brachte. Als sich der Rasenmäher nicht in Gang setzen ließ, war ihr Nachbar am Gartenzaun aufgetaucht und hatte ihr seine Hilfe angeboten. Schließlich reparierte er nicht nur den Rasenmäher, sondern mähte für sie auch noch den Rasen, half ihr beim Einebnen der Maulwurfshügel und jätete mit ihr gemeinsam das Unkraut zwischen den Waschbetonplatten.
Als die Arbeit erledigt war, bot sie ihm an, mit ihr ein

Glas Wein zu trinken, was sie nur dann tat, wenn Kurt nicht zugegen war. Sie unterhielten sich prächtig und plauderten bis spät in die Nacht hinein. Schon lange nicht mehr hatte sie sich so köstlich amüsiert. Und plötzlich lagen sie sich in den Armen und küssten sich. Die erste gemeinsame Nacht mit Ewald würde sie ihr Leben lang nicht mehr vergessen. Er hatte alles, was Kurt fehlte. Er war zärtlich, einfühlsam und ein leidenschaftlicher Liebhaber. Seit dieser Nacht trafen sie sich, wann immer es sich einrichten ließ. Viel zu selten, wie sie fand. Trotzdem hatte sie Ewalds Drängen, sich von ihrem Mann zu trennen und zu ihm zu ziehen, bisher nicht nachgegeben. Nicht, weil sie ihn nicht über alle Maßen liebte, sondern weil sie nicht auf ihr Leben in Wohlstand verzichten wollte. Denn Ewald war, wie es Kurt ausdrückte, arm wie eine Kirchenmaus. Das war nicht immer so gewesen, aber als seine Frau an Krebs erkrankt war, hatten die hohen Behandlungskosten sein gesamtes Vermögen verschlungen. Und nach ihrem Tod war Ewald in eine tiefe Depression gefallen. Er hatte seine Arbeit verloren und eine Zeit lang von Sozialhilfe gelebt. Zwar hatte er mittlerweile wieder eine Stelle in einem Büro angenommen, verdiente damit aber so wenig, dass es gerade reichte, um das Haus zu erhalten. Ein Leben, wie sie es gewohnt war, konnte er ihr jedenfalls nicht bieten. Dummerweise hatte sie die ansehnliche Erbschaft, die ihr nach dem Tod der Eltern zuteilgeworden war, Kurt übertragen. Bei einer Trennung würde sie von ihm keinen müden Cent erhalten. Das war so sicher wie das Amen im Gebet.

»Schatz, ich denke, es wird Zeit, dass du dich auf den Weg machst, sonst stehen wir heute Abend noch ohne Essen da.«

Erschrocken schaute sie ihn an. Sie war so in Gedanken versunken gewesen, dass sie alles um sich herum vergessen hatte. Sie konnte von Glück reden, dass sich Kurt nicht über ihr absonderliches Verhalten wunderte und nachhakte, was mit ihr los sei. Sie murmelte etwas von »gerade an Weihnachten mit meinen Eltern erinnert« und ging rasch ins Bad, um nicht doch noch seinen Argwohn zu erregen. Nachdem sie geduscht und sich angekleidet hatte, verließ sie das Haus.

Die Idee, Kurt zu vergiften, war ihr eher zufällig gekommen. Während sich andere Leute im Hochsommer im Freibad vergnügten, nötigte er sie jedes Jahr, ihn in den Wald zu begleiten, um ihm beim Pflücken der Heidelbeeren für seinen Likör behilflich zu sein. Diese Arbeit war ihr zutiefst zuwider. Sie hatte panische Angst vor Schlangen, von denen es in dem dichten Gestrüpp nur so wimmelte, und ekelte sich vor den Insekten, die sie blutgierig umschwirrten. Außerdem konnte sie danach tagelang nicht aufrecht stehen, weil ihr Kreuz vom ständigen Bücken in Mitleidenschaft gezogen worden war. Doch am meisten nervte sie, dass Kurt sie wie ein kleines Kind behandelte. Ständig belehrte er sie, wie leicht Heidelbeeren mit Tollkirschen zu verwechseln seien, und machte sie auf jeden Strauch dieser Giftbeere aufmerksam, wenn er einen entdeckte. Und Tollkirschen gab es in dem Wald, in dem sie auf Heidelbeersuche gingen, mehr als genug. Als also in diesem Jahr die Heidelbeerenzeit näher gerückt war, waren ihr plötzlich wieder die Tollkirschen in den Sinn gekommen. Sie recherchierte im Internet und fand heraus, dass der Verzehr dieser Frucht eine todsichere Sache war.

Zwei Wochen später war es so weit. Wieder einmal brachen sie bei der größten Hitze auf, um im Wald Heidelbeeren für Kurts Likör zu sammeln. Bei der Ankunft täuschte sie einen Migräneanfall vor, lehnte aber Kurts Vorschlag ab, nach

Hause zu fahren und an einem anderen Tag wiederzukommen.

»Pflück du ruhig deine Heidelbeeren«, forderte sie ihn auf. »Ich bleibe im Wagen, bis du zurückkommst.« Sie wartete, bis er im Wald verschwunden war, ehe sie sich selbst auf die Suche machte. Es dauerte nicht lange, und sie wurde fündig. Binnen Kurzem kehrte sie mit einem Beutel voller Tollkirschen zum Wagen zurück. Bis zu Kurts Rückkehr hatte sie genug Zeit, noch einmal über ihr Vorhaben nachzudenken. Am wichtigsten war ihr, dass niemand außer ihrem Mann zu Schaden kam. Aber die Gefahr, dass das passierte, war gleich null. An jedem Heiligen Abend öffnete Kurt Punkt achtzehn Uhr die erste Flasche des neuen Jahrgangs, um ihn persönlich zu verkosten. Allfällige Besucher mussten mit einem Glas eines früheren Jahrgangs vorliebnehmen. Das hatte ihr Mann immer so gehandhabt, und seine Pedanterie war Garant genug, dass sich daran auch in diesem Jahr nichts ändern würde. Kurz überlegte sie, ob sie Ewald in ihren Plan einweihen sollte, entschied sich jedoch dagegen. Sie wollte nicht riskieren, dass er ihr Vorhaben verurteilte und sich von ihr abwandte.

Zu Hause begab sich Kurt nach ihrem Ausflug in den Wald sofort in den Keller, um die Heidelbeeren einzukochen. Eine langwierige Prozedur, weil er davon überzeugt war, dass sich das Aroma der Früchte nur dann voll entfaltete, wenn sie bei niedrigster Temperatur vor sich hin köchelten. Um ein Anbrennen zu verhindern, musste ständig umgerührt werden. Nach zwei Stunden rief er sie wie immer zu sich, um sich eine kurze Pause zu gönnen. Das war ihre Chance. Kaum hatte er den Raum verlassen, holte sie den Beutel mit den Tollkirschen aus ihrer Tasche und leerte die Früchte in die Heidelbeermaische. Ihre Sorge, dass Kurt etwas auffallen würde, erwies sich als unbegründet. Als er in den Keller zurückkehrte, hatten sich die Giftbeeren längst aufgelöst. Am Abend versetzte Kurt schließlich die Masse mit Schnaps und füllte sie in Flaschen ab.

Und eine dieser Flaschen stand nun seit gestern auf der Kommode im Wohnzimmer und wartete darauf, am Heiligen Abend Punkt achtzehn Uhr geöffnet zu werden.

Noch sieben Stunden. Je näher der Zeitpunkt der Tat rückte, desto nervöser wurde sie. In diesem Zustand konnte sie Kurt keinesfalls unter die Augen treten. Sie beschloss, eine Gastwirtschaft aufzusuchen und ein Glas Wein zu trinken, um ihre angespannten Nerven zu beruhigen.

In der Gaststube ging es hoch her. Aus den Lautsprechern der Stereoanlage ertönten Weihnachtslieder. Die Menschen wirkten fröhlich und zufrieden, jeder schien sich auf das bevorstehende Fest zu freuen. Die heitere Stimmung deprimierte sie zutiefst. Düster brütete sie vor sich hin. Bis zum heutigen Tag war ihr nie in den Sinn gekommen, dass sie im Begriff stand, einen kaltblütigen Mord zu begehen. Sie, die sonst keiner Fliege etwas zuleide tun konnte. Wie hatte sie nur einen derart diabolischen Plan aushecken können? Sie beschloss, ihn zu ändern. Sie würde Kurt von ihrer Liaison mit Ewald in Kenntnis setzen und ihn auf der Stelle verlassen. Geld hin oder her. Dann galt es nur noch, die Flaschen mit dem tödlichen Inhalt verschwinden zu lassen. Wie sie das bewerkstelligen konnte, wusste sie noch nicht, aber ihr würde schon etwas einfallen.

Plötzlich hatte sie es sehr eilig. Sie zahlte und hetzte nach Hause. Als sie in die Straße einbog, in der sie wohnte, blieb sie erschrocken stehen. Polizisten hatten vor ihrem Haus Stellung bezogen und hielten die Schaulustigen zurück. Zwei Sanitäter schoben eine Trage durch den Garten.

Unmöglich!, schoss es ihr durch den Kopf. Seit sie Kurt kannte, und das waren immerhin zwanzig Jahre, hatte er nie vor achtzehn Uhr den neuen Jahrgang verkostet. Wie in Trance näherte sie sich dem Notarztwagen. Als sie erkannte, wer auf der Trage lag, brach eine Welt für sie zusammen. Ewald! Sein Gesicht war blau verfärbt. Es war offensichtlich, dass er nicht mehr lebte.

Kurt stand im Garten und jammerte. »Ich kann mir das nicht erklären. Ich habe ihn nur meinen neuen Heidelbeerlikör kosten lassen, und plötzlich hat er die Augen verdreht und ist ohnmächtig zusammengebrochen.«

Erschüttert lehnte sie sich an das Gartentor. Sie war nahe daran, alles zu gestehen, als ihr plötzlich dämmerte, dass dieses Unglück die einmalige Chance bot, ihren Mann endgültig loszuwerden, ohne sich selbst die Hände schmutzig machen zu müssen.

Warum sollte sie die Schuld für Ewalds Tod auf sich nehmen? Kurt hatte ihm das todbringende Getränk verabreicht, nicht sie. Um Ewald tat es ihr unsagbar leid, aber irgendwo gab es sicher einen anderen Ewald, mit dem sie glücklich werden konnte. Und um ihn zu finden, musste sie nur frei sein und über die finanziellen Mittel verfügen, um nach ihm zu suchen. Und sie wusste auch schon, wie sie das erreichen konnte.

Sie drehte sich um und funkelte ihren Mann böse an. »Mörder!«, schrie sie. »Du Mörder hast Ewald umgebracht.« Sie wollte sich auf ihn stürzen, doch die Polizisten hielten sie zurück.

Kurt schaute sie entsetzt an. »Aber ich bin doch kein Mörder! Das war ein Unfall. Ich schwöre, dass ich unschuldig bin.«

»Herr Inspektor«, wandte sie sich an einen der Beamten,

»verhaften Sie meinen Mann! Ich bin sicher, er hat Ewald Grabner umgebracht, weil er herausgefunden hat, dass wir uns lieben.«

Sophia Scheer

Alles hat ein Ende, nur die Wurst hat drei

Marie-Luise

Mein Gott, ist es hier gemütlich! Die niedrigen dunklen Holzwände der »Hochspitzen-Hütte« auf über eintausendzweihundert Metern trotzen bestimmt schon seit Jahrhunderten Schnee und Wind. Ich liebe die kleinen weißen Sprossenfenster, die rot-weiß karierten Vorhänge und die großen roten Schleifen, mit denen sie zusammengehalten werden. Und erst den Weihnachtsbaum in der rechten hinteren Ecke! Über und über mit Strohsternen und Lametta behängt. Wun-der-schön! Wir haben Schweinsbraten gegessen, direkt aus dem Ofen. Mit einer knusprigen Kruste, kreuzweise eingeschnitten. Jetzt noch der Kaiserschmarrn, ein Gedicht! Aus der Pfanne, nicht aus der Fritteuse, wie man ihn in andern Gasthäusern in den Alpen oftmals bekommt. Mit irgendeinem viel zu süßen Marillenkompott anstatt einem stilechten Zwetschgenröster, so wie hier auf der »Hochspitzen-Hütte«. Kein Wunder, dass der Gastraum bis auf den letzten Platz belegt ist. Die Leute lachen, trinken und reden fröhlich durcheinander, sie fühlen sich wohl. So soll es sein. Dazwischen Hans, der Wirt, und Mariella, seine tüchtige Tochter. Wie flink sie serviert, wie freundlich sie allen zulächelt! Ein bildhübsches Ding. Verständlich, dass Hans sichtlich stolz auf sie ist. Ein Blick aus dem kleinen Fenster, draußen dämmert es bereits. Die meisten anderen Gäste werden wohl hier übernachten, aber wir haben unsere Schlitten mit der Seilbahn heraufgebracht.

»Sollten wir nicht langsam runterfahren?«

Den Widerspruch, der meinen Worten folgt, habe ich erwartet. Ich kenne meine Freunde nur zu gut. Alles Hockenbleiber, wie man hier sagt. Man kann also gar nicht früh genug zum Aufbruch blasen.

Ein Blick in die Runde. Zu meiner Rechten Christian, mein Ehemann seit sechsundzwanzig Jahren. Langweilig, bieder, etwas festgefahren in seinen Ansichten, aber zweifellos treu. Ich kann mich glücklich schätzen. Denn treu sind die beiden anderen Herren an unserem Tisch mit Sicherheit nicht.

Bei Georg ist das kein Problem. Er ist immer noch ledig und wechselt seine Freundinnen wie andere die Hemden. Dabei ist er weder schön noch reich. Allerdings ist er Pilot. Die Uniform macht wohl seine Anziehungskraft aus. Seit zwei Monaten ist nun Svetlana an seiner Seite. Keine Ahnung, wo er die wieder aufgegabelt hat. Eine Russin, Anfang zwanzig. Angeblich ist sie als Säugling zu Pflegeeltern gekommen und sucht nun nach ihrer leiblichen Mutter. Wie rührend! Das kann stimmen – oder auch nicht. Egal. Jedenfalls angenehm, dass sie so gut wie gar nicht Deutsch versteht und daher auch kaum den Mund aufmacht. Georgs Letzte war ein schreckliches Plappermaul.

Und dann haben wir da natürlich noch Lothar und Sabine. Die beiden sind seit mehr als zwanzig Jahren verheiratet, kinderlos und haben gemeinsam ein Wurstimperium aufgebaut. Eine riesengroße Fabrik, Lieferungen in alle Welt. Lothar hat seit gut fünf Jahren eine Affäre mit einer Geschäftspartnerin namens Renate. Sabine hat davon Wind bekommen und lautstark gelitten. »Was soll ich denn machen?«, hat sie immer wieder gejammert. »Die Frau ist eine unserer größten Kundinnen, wir können nicht auf sie verzichten.«

Doch jetzt ist anscheinend etwas in Bewegung geraten. So

glücklich wie in diesem Urlaub habe ich die beiden schon lange nicht mehr erlebt. Wüsste ich es nicht besser, ich könnte sie glatt für zwei Frischverliebte halten. Lothar hat den Arm um die Schulter seiner Frau gelegt, sie kuschelt sich an ihn, ein seliges Lächeln im Gesicht.

Draußen beginnt es in dichten Flocken zu schneien. Langsam senkt sich die Dämmerung über unser winterliches Idyll. Jetzt wird's aber wirklich Zeit, auf zu den Rodeln!

»Zahlen, Herr Wirt!«, ruft Lothar, der Wurstfabrikant, um dann mit großartiger Geste hinzuzufügen: »Ihr seid meine Gäste!«

Oh, danke schön! Und das von einem Mann, dessen angeborene Sparsamkeit längst durch Geiz abgelöst worden ist. Er muss heute sehr glücklich sein. Ach, ich freue mich für Sabine!

Wir beratschlagen noch einige Zeit, in welcher Reihenfolge wir am besten ins Tal fahren sollen. Vor uns stehen die beiden Doppelsitzerschlitten und die zwei für Einzelrodler. »Ich muss noch aufs Klo«, sagt Sabine, und ich sehe, wie sie bei der hübschen Kellnerin heimlich zwei Piccolos kauft. Es gelingt ihr sogar, die beiden kleinen Flaschen in ihren Anoraktaschen zu verstauen, obwohl sie schon ihre Skihandschuhe trägt. Na, die hat heute anscheinend noch etwas vor. Ach, ich freue mich so für Sabine!

Die Reihenfolge, auf die wir uns geeinigt haben, ist folgende: Zuerst rodeln Christian und ich, dann folgt Georg. Dahinter Svetlana. Lothar und Sabine kommen nach, wenn Sabine von der Toilette zurück ist. So können die beiden in Ruhe zurückbleiben, wenn ihnen vorher noch der Sinn nach Romantik steht. Ach, ich freue mich wirklich für Sabine!

Lothar

Lange halte ich das nicht mehr aus! Ihre Haare kitzeln mich an der Nase, und sie riecht so säuerlich. Kann sich der Charakter eines Menschen auch auf seinen Geruch auswirken? E-kel-haft! Lächeln, Lothar, lächeln, bald hast du es geschafft!

Gestern habe ich die gesamte Rodelstrecke genau inspiziert und den passenden Baum ausgewählt. Er steht unmittelbar hinter einer steilen Abfahrt, vor einer engen Kurve. Sabine wird vorn sitzen und in vollem Tempo dagegenknallen. Ich werde natürlich rechtzeitig abspringen, das wird kein Problem sein.

Sollte sie, wider Erwarten, danach doch noch leben, folgt Plan B. Ein erfolgreicher Wurstfabrikant überlässt nichts dem Zufall. Ich habe schon ein Loch in den meterhohen Schnee gegraben, die Schaufel steht noch zum Zuschaufeln bereit. Sabine wird im Schnee verschwinden. Wie gut, dass immer noch Flocken vom Himmel fallen und alle Spuren zudecken werden, danke, lieber Gott! Wir werden sie am Abend suchen, aber nicht finden. Bis das Frühjahr ihre Leiche freigibt. Ich werde der trauernde Witwer sein, und selbst Renate wird verstehen, dass ich die Beziehung zu ihr unter diesen Bedingungen nicht aufrechterhalten kann. Ihre Riesenmengen an Würsten wird sie trotzdem weiter bei mir bestellen. Und alles, alles, alles wird mir gehören. Mir allein! Mein Plan ist einfach genial. In ein paar Wochen werde ich wieder hierher zurückkommen und mein Verhältnis mit Mariella, der feschen Kellnerin, fortsetzen. Lothar, du bist ein Glückskind!

Bei dem Gedanken an Mariella fällt es mir auch gar nicht mehr schwer zu lächeln.

Lothar (siebenundvierzig Minuten später)
So, und jetzt die Steilabfahrt. Gleich ist es so weit … Hallo, warum ist mir denn auf einmal so schwindlig? Und wieso ist es mit einem Schlag so dunkel geworden? Wo ist denn jetzt der dämliche Baum? … Mist, ich hätte den Prosecco nicht trinken sollen …

Sabine
Ein Hoch auf die modernen Drehverschlüsse! Es war ein Leichtes, die K.o.-Tropfen in den Sekt zu mischen. Wie gut, dass ich Lothar nie aus den Augen lasse. Hat er denn wirklich gedacht, er könnte mich heimlich, still und leise um die Ecke bringen? Und hat er wirklich gedacht, ich würde nicht dahinterkommen, dass sein neues Gspusi Mariella, die Tochter des Hüttenwirts, ist? Wenn man die Piccoloflasche mit dem Rest der Tropfen findet, dann wird man darauf einzig und allein Mariellas Fingerabdrücke finden. Clever, nicht wahr? Zwei Fliegen mit einer Klappe! Die Rivalin wird im Gefängnis sitzen, und ich werde die Alleininhaberin der Fabrik sein. Ah, da ist ja die Schneegrube, die mein lieber Gatte gestern ausgehoben hat. Er war schon immer ein fleißiger Handwerker, das muss man ihm lassen. Ich habe diese Eigenschaft an ihm noch nie so geschätzt wie heute. Es ist gar nicht so schwer, den betäubten Lothar über den glatten Schnee zu schleifen. Wie gut, dass meine Oberarme vom Würstedrehen trainiert sind. So, und jetzt hinein in die Grube! Ich liebe es, wenn Pläne perfekt gelingen. Und trotz allem muss ich immer an diese Svetlana denken. Es ist wirklich seltsam, sie hat genau dieselben breiten Lippen wie meine beiden Schwestern und ich. Und dasselbe markante Muttermal am Hals. He, was soll denn das?

Svetlana

Da steht sogar eine Schaufel! Und die doofe Sabine lehnt sich auch noch über die Grube, wie praktisch. Ein gezielter Schlag. Nein, besser noch einer. Und jetzt nur noch zuschaufeln. Wenn Sabine wüsste, wie lange ich nach ihr gesucht habe! Soll sie doch verrotten. In einem kalten Grab, so kalt wie ihr mütterliches Herz. Was heißt еди́нственная noch mal auf Deutsch? Ach ja, Alleinerbin!

Herbert Dutzler

Frozen Joseph oder: Collateral Damage

Tag. Außen. Ein Mann. Ein Kind, männlich.

- Schau mal, Papa, der Josef!
- Du sollst mir doch nicht immer davonrennen! Ich wollt dir doch gerade den da erklären. Das ist der »Urberl mit der Leinwand«, eine geradezu klassische Krippenfigur, jetzt nicht wirklich typisch für Salzburg, aber trotzdem –
- Papa! Der Josef! Der schaut so echt aus!
- Also, das find ich jetzt wirklich undankbar. Wo ich mir doch extra die Zeit genommen habe, das auch noch im Internet –
- Papa! Der tropft!
- Wahrscheinlich Kondenswasser. Mich hat es sowieso gewundert, dass die hier eine Wachsfigurenkrippe aufgestellt haben. Allein die Luftfeuchtigkeit –
- Papa! Der ist echt!
- Also, jetzt red doch keinen solchen Blödsinn. Natürlich schaut er echt aus, dafür werden die schließlich bezahlt, die die Wachsfiguren machen.
- Papa! Jetzt schau doch einmal her!
- Jetzt reicht's mir aber! Wir gehen nach Hause. Das ist sowieso überhaupt keine Atmosphäre für dich. Keine Besinnung! Und der Alkoholdunst überall!
- Schau, Papa, jetzt ist er umgefallen, der Josef!
- Also, hast du vielleicht …? Mit dir kann man ja nicht … Um Gottes willen! Schnell, schau weg! Ich ruf gleich die Polizei.

Tag. Außen. Der Mann. Chefinspektor Nemecek.

- Also, Sie haben das Opfer umgeworfen? Warum denn?
- Nein, das habe ich natürlich nicht. Können Sie uns jetzt nicht endlich gehen lassen? Das Kind –
- So schnell geht das leider nicht, lieber Herr. Immerhin haben Sie eine Leiche gefunden, nicht? Da müssen wir schon die genaueren Umstände –
- Da geht man extra, nicht wahr, extra möglichst früh auf den Christkindlmarkt, damit einem nicht ständig Betrunkene über die Füße fallen, nicht, damit das Kind … und dann so was! Kaum hat ihn der erste Sonnenstrahl berührt, ist er auch schon umgefallen, der Josef.
- Sie haben das Opfer also länger betrachtet? Ist Ihnen da nichts aufgefallen?
- Also, betrachtet … Ich habe gar nichts betrachtet! Ich wollte dem Kind nur den »Urberl mit der Leinwand«, also –
- Ja, ja. Und Ihnen ist nicht aufgefallen, dass das eine echte Leiche war? Eingefroren?
- Ja, sehen Sie, da hat das Kind dann … Also, da hat der Josef zu tropfen angefangen. Wegen der Sonne. Und dann ist er umgefallen. Und dann hat das Kind –
- Und Sie haben gar nichts gesehen?
- Nein, ich habe ja nur auf den Urberl … Und dann wollte ich dem Kind auch diese für das Salzkammergut so typischen Krippenfiguren, nicht, den »Voda-lo-mi-a-mitgehn« und den »Traubentrager« und –
- Sie haben also wirklich nur die bereits umgefallene Leiche gesehen?
- Ja, natürlich, und das Kind hat dann geschrien, nicht wahr, da musste ich, also, da habe ich mich –
- Also hat Ihr Sohn Sie darauf aufmerksam gemacht, dass mit

dem Josef etwas nicht stimmt, und Sie haben dem zunächst keine Beachtung geschenkt?
- Ja. So in etwa war's. Ist ja an sich noch kein Verbrechen, oder?
- Wenn Sie den Josef nicht in die Tiefkühltruhe gelegt haben, dann nicht.

Tag. Innen. Chefinspektor Nemecek. Gerichtsmedizinerin Dr. Gartler.

- Ist er schon aufgetaut?
- Noch nicht ganz, aber ich habe ihn mir schon oberflächlich anschauen können.
- Und?
- Er ist natürlich nicht lebend eingefroren worden.
- Bah, der schaut ja grauslich aus. Wie die Schnitzel, die man jahrelang in der Tiefkühltruhe vergisst.
- So lange war er sicherlich nicht eingefroren.
- Haha, der neue Ötzi!
- Nein, eher nicht. Auch wenn seine Kerntemperatur bei achtzehn Grad minus lag, wie es eben der Temperatur im Kühlhaus entspricht.
- Kühlhaus?
- Ja, die Leiche war nicht geknickt oder gestaucht, sonst hätte sie der Täter ja auch nicht einfach in der Krippe aufstellen können. Und so große Tiefkühltruhen –
- Schon gut. Also Kühlhaus. Gasthaus, Restaurant, Fleischhauerei, Brauerei, oder?
- Das ist dann Ihre Sache. Ich beschäftige mich nur mit dem Körper.
- Und das macht Ihnen auch noch Spaß?

- Wie man's nimmt. Immerhin gibt's bei uns keine Unruhe im Wartezimmer.
- Na ja. Und was ist ihm jetzt passiert, unserem Josef?
- Das Übliche. Schlag mit stumpfem Gegenstand auf den Hinterkopf. Wahrscheinlich Schädelbruch, Trauma. Ich muss ihn noch ins Röntgen schieben.
- So genau brauchen wir das gar nicht wissen. Erschlagen worden ist er halt. Und sonst noch?
- Männlich –
- Haha, das seh ich! Obwohl, die Kälte hat anscheinend seinem –
- Bleiben wir doch bitte sachlich. Also weiter: Das Alter schätze ich auf fünfundfünfzig Jahre, plus/minus fünf Jahre. Etwas Karies, aber gut sanierte Zähne, einer fehlt, kein Zahnersatz. Eine Knieoperation hat er gehabt.
- Herkunft?
- Ich bin ja keine Rassentheoretikerin. Da müssen Sie schon einen Ausweis finden. Ein Neger ist er jedenfalls nicht.
- Jetzt lassen Sie aber Ihre Scherze. Und außerdem, »Neger« sagt man nicht. Das ist abwertend. Rassistisch.
- Schwarzafrikaner?
- Wurst, wenn er es doch eh nicht ist. Sagen Sie, wie lange war er eingefroren, also wann ist er …?
- Da muss ich erst noch genauere Gewebeuntersuchungen durchführen, das kann ich so aus dem Stand nicht beantworten.
- Anhaftungen? DNA?
- Das ist interessant. Offenbar hat jemand die Kleidung des echten Josef hergenommen, also die vom Wachs-Josef, und sie der Leiche angezogen. Bei der Herstellung der Krippe scheint man nicht wirklich auf Authentizität geachtet zu haben, denn diese Toga, oder was auch immer das sein soll,

die ist aus billiger Baumwolle, während der Josef zu dieser Zeit, also quasi in der Antike, doch eher einen leinenen –
- Ja, ja. Einen handgewebten Stoff werden sie der Wachsfigur grad noch umhängen. Die sind ja auch nicht blöd, die vom Christkindlmarkt. Oder von Madame Tussaud's, wer immer auch dafür verantwortlich ist. Und, sagen Sie, keine Hinweise auf die Identität?
- Na ja, Brieftascherl hat er keines eingesteckt gehabt, wenn Sie das meinen. Hat ja auch keine Taschen, die Toga.
- Jetzt tun Sie mich bitte nicht pflanzen, ja? Danach haben wir schon selbst gesucht. Ich meine: Zahnreparaturen – österreichisch? Ungarisch? Türkisch? Knieoperation – inländisch oder vielleicht kalifornisch?
- Für solche Details, da müssen Sie noch ein bissel warten. Ich bin ja keine Hexenmeisterin. Und auf die Knieoperation, auf die würde ich meine Hoffnungen jetzt nicht setzen. Da können Sie keine Nationalität, ich meine …

Tag. Innen. Chefinspektor Nemecek. Inspektor Grabner. Fräulein Zacherl.

- Verdammt noch einmal! Das muss doch irgendwem aufgefallen sein, dass da jemand die Wachsfigur gegen eine Leiche ausgetauscht hat. Das gibt's ja nicht! Da muss doch jemand mit einem Lieferwagen hingefahren –
- Oder mit einem Leichenwagen.
- Jetzt hören Sie aber auf! Ein Leichenwagen, der wär ja noch viel mehr aufgefallen.
- Aber so ein Lieferwagen, der fällt überhaupt nicht auf, wenn der da hinfährt, da gibt's doch Dutzende davon, in der Früh, bevor der Markt aufsperrt. Ich hab da neulich gelesen, in

Wels, da haben ein paar Ganoven eine ganze Infrarotkabine abgebaut und mitgenommen! Während Dutzende Arbeiter in der Halle Messestände –
- Sie kommen mir vom Thema ab. Was glauben Sie denn, was die Presse aus uns macht? Der Tourismusverband hat schon angerufen, dreimal! Der Bürgermeister, der Vizebürgermeister, alle.
- Herr Chefinspektor, der Obmann vom Christkindlmarktverein ist am Telefon. Soll ich durchstellen?
- Der soll sich ... kreuzweise! Was reg ich mich eigentlich so auf? Richten Sie ihm aus, er kann es sich aussuchen: Entweder klären wir den Fall, oder ich beantworte ganztags Anfragen von Politikern und sonstigen Wichtigtuern. Sagen Sie ihm das, genau so!
- Soll ich das mit den Wichtigtuern auch –?
- Ruhe! Sie finden schon die richtigen Worte, Zacherl, ich verlass mich da voll auf Sie.
- Und sollen wir dann die Haus-zu-Haus-Befragungen –?
- Stand-zu-Stand wär besser. Bleibt uns ja nichts anderes übrig.

Tag. Innen. Polizeipräsident Haubner. Chefinspektor Nemecek. Journalistinnen und Journalisten.

- Meine Damen und Herren, wegen des übergroßen Interesses der Medien haben wir uns zu dieser Pressekonferenz entschlossen, obwohl wir, natürlich, so zeitnah nach dem Auffinden des Joseph, ich meine, nach der Tat ... äh, der Leiche noch gar nichts, wenig ... Ich übergebe jetzt an den zuständigen Chefinspektor Nemecek.
- Äh, an mich? Ja, meine Damen und Herren, nicht wahr?

Es kam also zur Auffindung einer männlichen Person, die Todesursache, also, wir können, müssen, denke ich, von Fremdverschulden ausgehen, jedoch –
- Herr Chefinspektor! Selbst eingefroren wird er sich wohl nicht haben!
- Ja, also. Was die Todesursache angeht, da gehen wir von einem stumpfen Gegenstand aus. Mit einem stumpfen Gegenstand. Gegen den Hinterkopf. Die Verbringung der Leiche auf den Christkindlmarkt, das ist, darüber –
- Haha! Mit 'm Nussknacker!
- Oder mit 'm Deckel vom Maronibrater!
- Ja, meine Herren. Und Damen. Wir können das auch abbrechen, wenn wir da nicht mit mehr Ernsthaftigkeit … nicht wahr? Herr Chefinspektor, bitte fahren Sie fort.
- Wie schon gesagt. Bezüglich der Verbringung der Leiche, da haben wir noch keine Anhaltspunkte. In diesen Minuten führen meine Mitarbeiterinnen und Mitarbeiter Befragungen bei jenen durch, die sich im verantwortlichen Zeitraum, äh, zur besagten Zeit dort aufgehalten haben. Lieferanten, Beschäftige. Auf dem Christkindlmarkt.
- Könnte es nicht eine Fehde unter den Standlern gewesen sein? Man hat ja davon gehört, dass die Wachsfigurenkrippe, also dass es Gezank um ihren Standort gegeben hat. Nicht alle waren begeistert.
- Ja, die Motive, nicht? Aber dafür müssten wir zuerst einmal die Identität des Verstorbenen … Derzeit kann da natürlich noch nichts ausgesagt werden. Wenn Sie mich dann entschuldigen wollen. Ich würde mich gern der Aufklärung des Falles widmen.
- Dann wisst ihr also wieder einmal nichts, gar nichts!
- Ich muss doch sehr bitten, angesichts der kurzen Zeit. Ah,

Herr Chefinspektor! Nemecek! So lassen Sie mich doch nicht …

Tag. Außen. Chefinspektor Nemecek. Marktfierantin Hermine Träudler.

- Sagen Sie, kennen Sie den Mann auf dem Bild da?
- Zeigen S' einmal her … Die Brille … die ist auch schön verschmiert … Ja, natürlich kenn ich den. Das ist ja der Horn! Wollen S' vielleicht einen Mangopunsch? Den haben wir heuer neu.
- Nein, danke, wirklich nicht. Was für ein Horn? Woher kennen Sie den?
- Na, der hat doch den Bratwürstelstand. Der immer dort war, wo jetzt die Wachsfigurenkrippe steht. Der Benedikt Horn. Aber schlecht schaut er aus, auf dem Bild da. Da haben Sie ihn aber nicht gut getroffen. Einen Heidelbeerpunsch vielleicht?
- Danke. Ist übrigens kein Wunder, dass er schlecht ausschaut. Er ist ja auch tot, der Horn, auf dem Bild. Und eingefroren.
- Jesus, Maria und Josef! Tot? Und eingefroren? Ist denn am Ende der Horn der Josef, der da heute früh in der Krippe …?
- Offensichtlich. Sagen Sie, hat er Streit gehabt? Mit dem Marktverein? Oder denen von der Wachsfigurenkrippe? Immerhin haben sie ihm ja den Standplatz weggenommen.
- Was glauben Sie denn? Getobt hat der. Da mag ich gar nicht mehr daran denken, wie das bei der Sitzung zugegangen ist. Jetzt brauch ich selbst einen Punsch. Ich nehm mir aber einen Orangenpunsch. Der ist hausgemacht. Ich hab ja gar

keine Ahnung, aus was die das andere Geschlader da machen. Wollen S' jetzt nicht doch noch einen?
– Ja, Grabner? Ja, wir haben die Identität. Ein gewisser Benedikt Horn. Auch Marktfahrer hier. Geht s' dem bitte gleich nach. – Ja, dann geben S' mir halt auch einen.
– Geht aufs Haus. Wissen S', früher hab ich ja alles selbst gemacht. Aber seit wir da von den Italienern quasi überrannt werden, da geht das einfach nicht mehr. Da muss ich zukaufen. Und nach dem dritten, da merkt eh keiner mehr, was da im Becherl dampft. Prost!
– Prost! Können Sie mir noch was erzählen über den Horn?
– Er war praktisch ein Urgestein vom Christkindlmarkt, nicht? Aus der Zeit, wo wir alle noch drinnen am Domplatz waren. Und er, er hat den Stand in der Mitte gehabt. Wo jetzt die Wachsfigurenkrippe ist. Ist aber schön geworden, finden S' nicht?
– Wunderbar. Und mit wem hat es da Auseinandersetzungen gegeben, wenn ich fragen darf?
– Mit allen! Ah, das tut gut. Ich hab eh schon ganz kalte Füße. Ich sag Ihnen, das mit den kalten Füßen, das ist das größte Problem beim Standeln. Da können Sie sich *solche* Styroporplatten unter die Füße schieben – nix nutzt's!
– Auseinandersetzungen mit wem?
– Ja, wie ich schon gesagt hab: mit allen. Sogar eine Petition hat er herausgegeben, dass wir die Wachsfiguren gar nicht wollen sollen. Und damit ist er dann herumgerannt, und alle haben unterschreiben müssen.
– Haben Sie unterschrieben?
– Ja, was hätt ich denn machen sollen? Der war ja völlig außer sich. Hab ich ja schon gesagt.

Nacht. Außen. Zwei Männer.

- Wissen Sie, diese Märkte, die kann man nicht länger den lokalen Tourismusbehörden überlassen. Das ist jetzt eine Sache für internationale Konzerne. *Multinational companies.* Dreißig Prozent vom Jahresumsatz, sage ich nur. *Thirty percent!* Da müssen Profis ran. Und deswegen haben wir uns Sie dazugeholt.
- *Right.*
- Das ist ja nur eine Frage der Zeit, *a matter of time*, bis wir das alles aufgekauft haben und die Rechte uns allein gehören. Und wir machen es ja nicht für uns, die lokale Wirtschaft, *the local economy*, muss da schon mit profitieren. Betonung auf »mit«, halt. Haha!
- *Right.*
- Es war ja ein weiter Weg für uns, von Donald und Micky Maus bis zu dem, was wir heute sind. Der alte Walt, der wäre stolz auf uns. *Proud.* Und es ist ja nicht so, dass wir nicht schon Großes geleistet hätten, Sie haben es sicher schon bemerkt.
- *No.*
- Ach ja, ich hab vergessen: Sie gehen ja nicht auf Weihnachtsmärkte. Überall die gleichen Schnäpse, die gleichen Senfe, Spaghettisoßen und Essig: alles standardisiert. *Spirits, mustards.* Machen bei uns alles die Designer. Was drinnen ist, ist ja egal. Mit künstlichen Aromen kommen Sie überallhin, wo Sie hinwollen. *Artificial flavours.*
- *Right.*
- Da gibt es ja ein großes Vorbild hier in Salzburg. *An example.* Ein Weltkonzern. Der Sprudel? Der interessiert keinen.
- Sprudel?

- Das Getränk. *The drink.*
- *Right.*
- Wir haben dem Horn jede Menge Geld geboten, dass er uns in Frieden lässt. Aber er war halt stur. Und so jemanden wie ihn, den muss man dann halt als, sagen wir einmal, Kollateralschaden verbuchen.
- *Right. Collateral damage.*

Jutta Siorpaes

Kitzbüheler Weihnachtspunsch

Sascha stand im Mantel an der Terrassentür und sah zu, wie die Schneeflocken aus dem nächtlichen Himmel in den weihnachtlich geschmückten Garten fielen. Er wartete. Die Gäste mussten jeden Moment hier sein. Eine kleine, handverlesene Schar war geladen: Bankdirektor Kantner mit Freundin Mausi, Medienunternehmer Michi Holden mit Gattin Nina und natürlich, wie könnte es anders sein, Mutters Lieblingsskilehrer Richie, der auf keiner Kitzbüheler Party fehlte.
»Sascha, bist du so weit?« Carmen.
Sascha drehte sich zu ihr um. »Sind die Gäste schon da?«, fragte er.
»Sie werden eben zum Begrüßungsumtrunk auf die Terrasse geleitet.« Sie kam lächelnd auf ihn zu.
Wie wunderschön sie aussah in dem neuen Nerz, den sie vorgestern von ihm bekommen hatte. Zu Heiligabend. Am besten gefiel sie ihm, wenn sie darunter nackt war. Bei diesem Gedanken stieg Verlangen in ihm hoch. Am liebsten wäre er jetzt mit ihr allein gewesen. Was natürlich unmöglich war. Carmen streckte ihm ihre Hand entgegen. Der Ehering, den er ihr vor zwei Monaten über den Finger gestreift hatte, glitzerte. Gegen den Willen seiner Mutter und in deren Abwesenheit. Sie hatte sich auf das noch andauernde Trauerjahr für seinen Vater berufen. Aber daran wollte er jetzt nicht denken. Er knöpfte seinen Mantel zu, nahm Carmens Hand und trat mit ihr durch die Terrassentür ins Freie. Sofort begannen die Weisen-Bläser zu spielen,

die draußen auf ihren Einsatz gewartet hatten. »Leise rieselt der Schnee«. Die Gäste standen dick vermummt um den Kessel, in dem der Weihnachtspunsch dampfte. Der vom Partyservice gestellte Kellner reichte ihnen das Heißgetränk in dickwandigen Bechern, die sie dankbar mit eiskalten Fingern umschlossen.

Als auch Sascha einen Becher entgegengenommen hatte, hob er ihn in die Höhe und rief zu den Klängen von »Stille Nacht«: »Liebe Freunde, es ist uns eine Ehre, dass ihr auch in diesem Jahr wieder zu unserem Weihnachtspunsch erschienen seid!«

Michi Holden trat in seinem beinahe knöchellangen Fellmantel auf Carmen zu und küsste sie auf beide Wangen. Wie einer dieser russischen Oligarchen, die sich neuerdings in Kitz ausbreiteten, kam er daher und schüttelte Sascha die Hand. »Sascha, alter Junge! Die Ehre ist ganz auf unserer Seite.« Die anderen Gäste stimmten wortreich zu, dann blickte er sich suchend um: »Ist Beatrice denn noch nicht zurück von Barbados?«

»Mutter stößt erst drinnen zu uns, sie möchte sich in der Eiseskälte nicht verkühlen. Sie ist ja erst seit zwei Tagen wieder hier«, erklärte Sascha. Dass sie sich auf der Südseeinsel trotz Trauerjahr zwei Wochen lang mit Jerome vergnügt hatte, ließ er unerwähnt.

»Aber wir können uns hier draußen ruhig den Tod holen, was?« Michi lachte dröhnend.

Sascha lachte ebenfalls. »Dann lasst uns schnell hineingehen, Freunde. Mutter freut sich schon auf euch!«, rief er und öffnete die Terrassentür.

Dankbar drängten die Gäste ins Warme und übergaben den Angestellten des Partyservice ihre Mäntel. Kurz darauf standen alle mit Champagnergläsern in den Händen in der

Halle neben dem vier Meter hohen Christbaum. In diesem Moment hatte Saschas Mutter ihren Auftritt. Mit unnachahmlicher Grazie schritt sie die breite Treppe hinunter. Sie sah umwerfend aus, das musste man ihr lassen. Keinesfalls wie Ende sechzig. Nicht einmal wie fünfzig. Sie war exzellent operiert.

Michi umarmte sie als Erster. »Beatrice. Wie machst du das nur? Jedes Mal, wenn wir uns treffen, siehst du noch jünger aus.«

Beatrice lachte geschmeichelt, machte sich los und begrüßte die übrigen Freunde. Dann übernahm sie mit Selbstverständlichkeit das Zepter und führte an Skilehrer Richies Arm die Schar ins Speisezimmer, wo Austern und Hummer gereicht wurden. Sascha überließ ihr gern die Bühne, so blieb ihm mehr Zeit für Carmen.

Während des Essens erhob sich Michi und brachte einen Trinkspruch aus: »Auf dich, wunderschöne Beatrice! Und natürlich auch auf euch, Carmen und Sascha. Von allen Partys, die in dieser verrückten Woche zwischen Weihnachten und Neujahr in Kitzbühel steigen, ist eure die eleganteste. Möget ihr noch viele veranstalten und uns dazu einladen.« Lachend warf er seinen Kopf in den Nacken und leerte sein Glas in einem Zug.

Hoffentlich schleudert er es jetzt nicht auch noch in Oligarchen-Manier an die Wand, dachte Sascha.

Michi hatte wirklich einen Hang zur Übertreibung, der seiner Gattin Nina sichtlich missfiel. Mit zusammengekniffenen Lippen saß sie neben ihm am Tisch und sagte kein Wort. Und als Michi Saschas Mutter auch noch mit Crème brulée fütterte, was diese kichernd wie ein junges Mädchen geschehen ließ, erhob sich Nina und verließ den Raum. Michi bemerkte es nicht einmal. Auch die anderen

Gäste achteten nicht weiter darauf. Es war schließlich nichts Neues, dass Nina Holden eine Party aus Eifersucht vorzeitig verließ.

Etwas später verabschiedeten sich auch die Angestellten des Partyservice, und Sascha schlug vor, nun ins Wohnzimmer zu wechseln. »Dort gibt es noch eine kleine verspätete Bescherung für euch«, sagte er.

»Oh, wie lieb von meinem Stiefsohn«, flötete Beatrice, die bereits ziemlich angetrunken war. Vermutlich hatte sie schon vor dem Eintreffen der Gäste ein Fläschchen Schampus geleert.

Wie schon Sascha erkannte dies auch Carmen, denn sie hakte Beatrice fürsorglich unter, damit diese auf dem Weg ins Wohnzimmer nicht ins Schlingern geriet.

Als es sich alle auf den drei riesigen weißen Sofas bequem gemacht hatten, zog Sascha ein Tütchen hervor und legte es auf den Couchtisch. Dann ließ er den Blick von einem zum andern wandern. Breites Grinsen lag auf den Gesichtern seiner Gäste. Sie waren alle heiß auf das Zeug. Auch seine Stiefmutter. Sascha erhob sich und ging zum Sideboard, um mit dem Rücken zur Gästeschar den Inhalt des Tütchens anzurichten. Schließlich gehörten nicht nur Austern und Hummer stilvoll serviert. Er holte Spiegeltellerchen und silberne Röhrchen aus dem Schrank und portionierte das weiß glitzernde Pulver, sich selbst teilte er weniger zu. Dann entzündete er Kerzen, schaltete das Licht aus und legte Musik auf. Amerikanisches Weihnachtsgedudel. Er verteilte die Tellerchen und setzte sich neben Carmen. Sie snifften.

Carmen gurrte: »Ich möchte mit dir tanzen.«

Sascha stand sofort auf. Warum auch nicht? Etwas Angenehmeres, als sich eng an ihren Leib geschmiegt zur Musik zu wiegen, konnte ihm kaum widerfahren.

Kantner und Mausi blieben sitzen und begannen, heftig zu knutschen. Michi baggerte immer noch seine Mutter an. Was wollte er bloß von ihr? Die Frau war zwanzig Jahre älter als er. Oder war er gar zu einem ihrer Liebhaber geworden? Hatte er etwa den mit grimmiger Miene danebensitzenden Skilehrer Richie ausgebootet, der Beatrice seit Jahren immer wieder als Gelegenheitslover zur Verfügung stand, wenn sie mit dem Finger schnippte? Jetzt zog Michi Beatrice auf die Füße und begann ebenfalls, mit ihr zu tanzen. *»We wish you a merry christmas and a happy new year!«*, sangen sie und drehten sich übermütig im Kreis. Plötzlich verharrte Beatrice mitten im Schwung und fasste sich an die Brust.

»Mir ist schlecht«, stieß sie hervor, verdrehte die Augen und stürzte dann rücklings zu Boden.

Mausi stieß einen spitzen Schrei aus und machte sich aus Kantners Umarmung los. Der Skilehrer fuhr hoch und starrte, um Nüchternheit ringend, auf die Frau auf dem Boden.

Sascha ließ von Carmen ab, rannte zum Lichtschalter und fiel dann neben Beatrice auf die Knie. »Mutter!«, rief er.

Michi tauchte neben ihm auf. Beatrice hatte Erbrochenes vor dem Mund.

»Was ist mit ihr?«, hörte Sascha Carmens weinerliche Stimme hinter sich, aber er beachtete sie nicht. Er knöpfte den Kragen der Bluse auf und legte seine Finger auf die Halsschlagader seiner Stiefmutter.

»Und?«, fragte Michi.

Sascha schüttelte den Kopf. »Nichts.« Er fuhr zu Richie herum und deutete mit ausgestrecktem Arm auf ihn. »Das war dein Zeug!«, schrie er ihn an.

Richie war plötzlich hellwach und hob in einer Verteidigungsgeste die flachen Hände in die Luft. »Was willst du von mir? Ich kann nichts dafür! Wir haben doch alle davon genommen, und uns anderen fehlt nichts.«

»Womit war der Stoff verschnitten?«, herrschte Sascha ihn weiter an.

Richie zuckte mit den Schultern. »Keine Ahnung. Was zum Aufputschen vermutlich. Der Kerl, bei dem ich es immer kaufe, meinte jedenfalls, er selbst ginge danach ab wie 'ne Rakete.« Er brach betroffen ab.

Sascha stand langsam auf. Richie duckte sich, und Sascha spürte Carmen neben sich, die ihn am Arm festhielt.

»Hör auf, Sascha, das bringt doch nichts. Lass uns lieber überlegen, was wir jetzt machen.«

»Na, wir rufen natürlich die Rettung«, erwiderte Sascha und zückte das Handy. Doch noch ehe er die 114 eintippen konnte, war Richie mit zwei Schritten bei ihm und riss ihm das Telefon aus der Hand.

»Bist du verrückt? Wenn du das tust, bin ich dran.«

»Er hat recht«, mischte Kantner sich ein, rappelte sich von der Couch hoch und wischte sich den Lippenstift vom Mund. »Und ich gehe noch weiter: Dann sind wir alle dran.«

»Aber wir haben doch nichts getan«, erwiderte Sascha.

»Zumindest haben wir der armen Beatrice nichts angetan. Aber wir haben eine Koksparty veranstaltet, bei der sie gestorben ist. Das reicht für schädliche Schlagzeilen und jede Menge Ärger, den keiner von uns gebrauchen kann.« Der Banker blickte von einem zum andern.

Sascha nickte. Kantner steckte mitten in einem schwebenden Verfahren wegen Steuerhinterziehung und hoffte, mit einer Geld- anstatt einer Haftstrafe davonzukommen. Mausi hatte ihrerseits kein Interesse daran, dass ihr Ehemann erfuhr, mit wem sie in Kitzbühel ihre Nächte verbrachte.

Michi musste sich jede Woche bei seinem Bewährungshelfer melden, seitdem er wegen Betruges an den Aktionären seiner Firma rechtskräftig verurteilt worden war. Und Richie wiederum wäre erledigt, wenn man ihn wegen Dealens verurteilte. Kein Mensch würde ihn dann noch als Lieferant zu den Promi-Partys einladen. Aus die Maus. Aber was tun?

Kantner räusperte sich. »Ich schlage daher vor, nicht die Rettung, sondern den Hausarzt zu rufen«, fuhr er ruhig fort. »Wir brauchen keinen Notarzt, der die Polizei benachrichtigt, sondern jemanden, der den Totenschein ausstellt.«

»Dann rufen wir Dr. König«, sagte Carmen. »Er hat Beatrice seit Jahren wegen ihres schwachen Herzens behandelt.«

Kantner starrte sie an und konnte seine Begeisterung angesichts dieser Information kaum zurückhalten. »Wegen ihres schwachen Herzens?«

»Genau. Sie hatte mehrere Bypässe, nicht wahr, Sascha?«

»Sie hat es nur geheim gehalten«, sagte er, »weil das nicht zu ihrem jugendlichen Image gepasst hätte. Aber die Bypässe haben sie trotzdem nicht davon abgehalten, all das zu machen, was ihrer Gesundheit nicht zuträglich war. Ich fürchte, wenn der Arzt hört, dass ich ihr Koks gegeben habe, wird er mich zur Verantwortung ziehen.«

»Das wird er schon nicht.« Kantner tätschelte Saschas Arm. »Denn er wird nichts davon erfahren. Wir räumen alles weg und sagen, sie hätte wild getanzt und sei plötzlich zusammengebrochen. Er wird Tod durch Herzinfarkt feststellen, womit schon seit Jahren zu rechnen war. Daher wird er auch keine Obduktion anordnen, bei der das Kokain nachzuweisen wäre.« Er schaute triumphierend in die Runde.

Die andern nickten zustimmend. So waren alle aus dem Schneider, und Beatrice war ohnehin nicht mehr zu helfen.

Als der Bestattungsunternehmer seine Mutter abgeholt hatte, konnte Sascha es kaum noch erwarten, bis auch der Arzt und die Gäste gegangen waren. Bis zur Haustür mimte er den Trauernden, aber in Wahrheit konnte er sich das Lachen nur schwer verkneifen.

Es war so einfach gewesen! Seine Idee, die seit Jahren herzinsuffiziente, kokainversessene Beatrice eine Line vor den Augen ihrer Gäste ziehen zu lassen, die alle bis zum Hals in Schwierigkeiten steckten, war schlichtweg brillant gewesen. Dass ihre Line mit Strychnin versetzt war, hatte niemand geahnt und würde nun, da Beatrice bereits auf dem Weg ins Salzburger Krematorium war, auch niemand mehr erfahren. Sascha seufzte. Warum war sie auch nur so gierig gewesen? Hatte es nicht gereicht, dass sie seinem Vater die letzten Lebensjahre mit ihren Seitensprüngen vergällt hatte? Nein. Nun wollte sie auch noch ihrem Lustknaben, diesem Jerome, der um einiges jünger war als er, einen Teil des Vermögens überschreiben, das ihr im Grunde nicht zustand. Seine leiblichen Eltern hatten es in jahrzehntelanger Arbeit mit viel Fleiß erwirtschaftet, und wäre seine Mutter nicht viel zu früh gestorben, hätte sein Vater Beatrice, dieses billige Flittchen, die seine gutmütige Carmen behandelte wie den letzten Dreck, niemals geheiratet.

Aber das war vorbei.

Ab jetzt waren sie allein.

»Carmen, Liebling!«, rief er. »Wo steckst du?« Sascha lauschte in die Stille des leeren Hauses. In der Küche war ein Klirren zu hören. Was machte sie denn dort? Als Sascha das Zimmer betrat, fiel sein Blick als Erstes auf die Scherben am Boden. Eines der Tellerchen, die sie vor dem Arzt versteckt hatten, war zerbrochen. Daneben stand Carmen. Sie hielt ein silbernes Röhrchen in der Hand.

»Es war noch ein bisschen Koks in dem zweiten Tütchen, das bei den Tellern lag«, hauchte sie und taumelte auf ihn zu. Dann sank sie leblos in seine Arme.

Harald Mini

Der Tag, an dem der Weihnachtsmann ermordet wurde – Teil 2

1
Als der Weihnachtsmann am 24. Dezember um fünf Uhr siebenundvierzig nachmittags die Gartentür hinter sich schloss, um die Liegenschaft der Anwaltsfamilie Müller zu betreten, hatte er noch exakt fünf Minuten und siebenundvierzig Sekunden zu leben.

W. M., wie der Weihnachtsmann im Himmel genannt wurde, durchquerte auf den Pflastersteinen den Garten, und bei jedem Schritt knirschte der Schnee unter seinen Stiefeln. Dann blieb er vor der Haustür stehen und stellte mit einem Ächzen den schweren Sack neben sich ab. Er wollte schon nach der Klinke greifen, als sein Blick auf einen Zettel fiel, der mit einem Klebestreifen an die Tür geheftet war. W. M. rückte seine Brille gerade, dann riss er den Zettel von der Tür und begann zu lesen, was darauf geschrieben war.

»Sehr geehrter Herr Weihnachtsmann«, stand da, und W. M. freute sich, so höflich angesprochen zu werden – die Abkürzung W. M. gefiel ihm nämlich ehrlich gesagt ganz und gar nicht –, »wie in den Medien zu vernehmen war, ist am Abend des 24. Dezembers mit Ihrem werten Besuch zu rechnen.

Um unerfreulichen Zwischenfällen von vornherein vorzubeugen, dürfen wir um Einhaltung folgender Verhaltensmaßregeln bitten:

§ 1) Wie Sie wahrscheinlich soeben selbst festgestellt haben, wurde unser Wohngebiet zu einer verkehrsberuhigten Dreißig-km/h-Zone geadelt. Wir dürfen daher wohl von Ihnen verlangen, dass Sie mit Ihrem Schlitten auch beim Verlassen unserer Straße die zulässige Höchstgeschwindigkeit einhalten – in Ihrem eigenen Interesse, um eine kostspielige Anzeige zu vermeiden. Frau Huber von der Nachbarliegenschaft sitzt den ganzen Tag am Fenster, schreibt alle auf, die zu schnell fahren, und mailt die Daten sofort der Polizeizentrale.

§ 2) Darüber hinaus ist das Parken vor unserem Haus seit einiger Zeit gebührenpflichtig, weshalb es geboten wäre, beim Abstellen Ihres Gefährts die nötige Anzahl von Euro- und Cent-Münzen – je nach beabsichtigter Dauer Ihres Aufenthalts – in den Parkscheinautomaten zu werfen. In der Hoffnung, dass Sie einen Parkplatz finden. Das Parken in entfernterer Umgebung möchten wir Ihnen nicht zumuten; sicherlich sind Sie schwer bepackt (zu den Geschenken siehe §§ 5 und 6), und das Tragen schwerer Lasten über eine weite Entfernung ist für einen Mann Ihres Alters ja wohl schon recht beschwerlich.

§ 3) Beim Betreten unseres Hauses vermeiden Sie bitte unnötigen Lärm und nehmen Rücksicht darauf, dass wir zu Weihnachten von achtzehn bis neunzehn Uhr immer zu Abend essen – Bratwürstel mit Sauerkraut, falls es Sie interessiert – und dabei die Hansi-Hinterseer-CD mit den Weihnachtsliedern abspielen. Eine Störung unserer weihnachtlichen Stimmung durch Ihr Gepolter wäre uns alles andere als willkommen.

§ 4) Im Hinblick auf unseren neuen Teppichboden im Vorzimmer dürfen wir wohl erwarten, dass Sie die Schuhe vor dem Betreten desselben ausziehen.

§ 5) Wenn Sie die Geschenke bitte nach den einzelnen Familienmitgliedern fein säuberlich trennen. Schließlich ist nicht Ostern, wo langes Suchen angeblich Spaß macht. Das Mindeste wäre, dass Sie die Namen der Beschenkten auf den Packerln vermerken, damit die unerquickliche Lage des Vorjahrs vermieden wird, wo wir mit unserem achtjährigen Sohn mangels Kennzeichnung der Packerl so lange stritten, wem die elektrische Eisenbahn gehört, bis diese dadurch kaputtging.

§ 6) Bitte vergessen Sie auch nicht, elektrischen Geräten verständliche Gebrauchsanweisungen beizulegen; nach dem ersten Gebrauch des im Vorjahr zu Weihnachten erhaltenen Mixers mussten wir die Küche neu tapezieren. Daraus resultierende Schadenersatzansprüche behalten wir uns ausdrücklich vor.

Wenn Sie diese Regeln befolgen, steht einem wirklich friedvollen, ungestörten Weihnachten eigentlich nichts mehr im Wege.

Weihnachtsgebäck haben wir übrigens heuer für Sie keines bereitgestellt, da Sie im Vorjahr unsere Vanillekipferl nicht einmal gekostet haben.

Mit freundlichen Grüßen Herr Dr. und Frau Mag. Müller PS …«

Auf das Lesen des PS verzichtete der Weihnachtsmann, schließlich war er in Eile. Er heftete den Zettel wieder an die Tür und öffnete sie.

Dies war die letzte Aktion des Weihnachtsmanns. Ein lauter Knall ertönte, und er sank zu Boden.

2

Oberinspektor Otto Doblhofer beugte sich über die Leiche des Weihnachtsmanns. »Glatter Durchschuss durchs Herz«, sagte er zu seinem Assistenten Pichler. »Wissen wir schon, wer es war? Hat das Christkind den ewigen Kampf gegen den Weihnachtsmann mit einem gezielten Schuss zu seinen Gunsten entschieden?«

Inspektor Pichler schüttelte den Kopf. »Nein, das Christkind hat ein Alibi. Die Kollegen verhören gerade Herrn Dr. und Frau Mag. Müller. Die saßen während des Mordes im oberen Stockwerk im Esszimmer bei Bratwürsteln –«

»Mit Sauerkraut?«, warf Doblhofer sich über die Lippen schleckend interessiert ein.

»Das weiß ich jetzt nicht, das muss ich noch erheben.« Pichler war verunsichert und machte sich eine Notiz. »Jedenfalls behaupten sie, plötzlich einen Schuss gehört zu haben, und da haben sie die Polizei gerufen.«

»Sehr gut. Aber was ist denn das?« Doblhofer deutete auf den Zettel, der an der Tür klebte. Pichler zuckte die Schultern, woraufhin Doblhofer den Zettel an sich nahm und durchlas.

»Ich glaube, der Fall ist geklärt«, sagte Doblhofer sodann.

»Äh? Wie geklärt? So schnell schon? Nach gerade mal vier Seiten im Buch?«

»Der Weihnachtsmann hätte auch das PS lesen sollen«, sagte Doblhofer kryptisch und reichte Pichler den Zettel.

Pichler überflog diesen und las dann das PS. »PS«, stand da. »Da in unserer Gegend Einbruchsdiebstähle südosteuropäischer Banden an der Tagesordnung sind, haben wir unser Haus gesichert. Sie finden den Schlüssel, der unsere Selbstschussanlage außer Betrieb setzt, unter der Fußmatte.«

Sunil Mann

Vom Himmel hoch

»Vom Himmel hoch, da komm ich her …« Der Gesang des Kinderchors scheppert aus den Lautsprechern über dem Eingang und hallt durch die verlassene Einkaufsstraße. In den Schaufenstern funkeln bunte Lichter, Engel und Nikoläuse, die starr ins Leere glotzen, Schnee aus gezupfter Watte und gigantische Geschenkpakete überall. Pompös geschmückte Christbäume blinken an der Grenze zur Hysterie um die Wette.

Achtlos schnippt Rita die Zigarette auf den Gehsteig und kurbelt das Fenster wieder hoch. Eine bitterkalte Nacht. Ein Hüsteln entfährt ihr, eigentlich raucht sie gar nicht. Und eigentlich ist sie auch nicht der Typ für verbrecherische Aktionen, doch die Umstände lassen ihr keine Wahl. Achtundzwanzig Jahre, keinen einzigen Tag krank, bereit, auch gratis Überstunden zu leisten – und dann ersetzt sie der Chef durch eine Jüngere. Hübschere. Billigere, in mehrerer Hinsicht. Ritas Finger krallen sich um das Lenkrad. Jetzt würde sie sich holen, was ihr zusteht. Es hat Jahre gedauert, bis ihr aufgegangen ist, dass sich Ehrlichkeit und Diensteifer in ihrem Fall nicht auszahlen. Die Guten gewinnen nur in Filmen.

»Ach, du arbeitest gar nicht mehr bei uns?«, hat eine ehemalige Arbeitskollegin erstaunt nachgefragt, als Rita sie kürzlich per Zufall in einem Café getroffen hat. »Seit wann denn schon?«

Ja, sie ist unscheinbar, man übersieht sie gern, das ist ihr bewusst. Doch das spielt heute keine Rolle. Der letzte

Verkaufstag vor Weihnachten ist vorbei, derjenige mit den rekordverdächtigen Einnahmen – der Spielzeugladen ist traditionellerweise von gehetzten Eltern, Patenonkeln und Omas förmlich leer geräumt worden. Sie weiß, wo sich der Tresor befindet, kennt die Kombination, besitzt immer noch den Schlüssel zum Laden, den sie sich einst hat nachmachen lassen. Für Notfälle. Sie ist längst zur Ansicht gekommen, dass dies einer ist.

Rita will gerade die Wagentür öffnen, als ihr eine Gestalt auffällt. Langsam setzt sie einen Fuß vor den anderen, als wäre sie tief in Gedanken versunken, überquert die Einkaufsstraße und verschwindet dann in einem Seitengässchen. Rita holt tief Luft und steigt aus. Der Gesang des Kinderchors weht zu ihr herüber, ansonsten kommt es ihr vor, als stehe die Stadt still. Heiligabend. Es wird keine Zeugen geben.

Nie ist die Stadt so ruhig wie an diesem Abend. In einiger Entfernung hört sie die Straßenbahn mit einem hellen Klingeln vorbeifahren, danach herrscht wieder Stille. Beinahe. Ein Kinderchor ist zu vernehmen, mehr ein Echo, das durch die Straßenschluchten raunt. Vom Fußmarsch hierher und mehr noch vom Treppenaufstieg – sie hat den Hintereingang der Bank benutzt – ist Susanne so außer Atem, dass sie sich auf den Boden setzt. Ein letzter Schokoriegel. Der Himmel ist klar bis auf ein paar Wolken im Westen, vereinzelt tanzen Schneeflocken durch die Luft. Susanne beobachtet die blinkenden Lichter eines Flugzeugs, das hoch über sie hinwegfliegt. Ihr Entschluss steht fest.

Rita durchquert den Laden im Dunkeln, es kommt ihr vor, als verfolgten sie die Puppen mit ihren unheilvoll glänzenden Augen. Rasch eilt sie das Treppenhaus hinauf. Erst im dritten

Stock schaltet sie die mitgebrachte Taschenlampe ein. Das Büro liegt am Ende des Ganges, rechts der Mitarbeiterraum und das Sekretariat, links die Toiletten. Totenstille. Sie zieht den Schlüssel aus der Handtasche und schließt auf. Der Tresor befindet sich in der Wand, versteckt hinter der lausigen Reproduktion eines Monet-Gemäldes.

Dort, wo jeder Einbrecher als Erstes nachgucken würde, denkt Rita kopfschüttelnd. Doch der Chef wollte nicht auf sie hören. Das hat er nun davon.

Von draußen ist jäh Gelächter zu hören. Rita zuckt zusammen und knipst die Taschenlampe aus, versteckt hinter dem Vorhang, späht sie hinaus. Eine Gruppe Jugendlicher tollt durch die leere Einkaufsstraße, rutscht übermütig über die gefrorenen Wasserlachen. Wie tapsige Welpen kommen sie ihr vor. Rita entspannt sich und hängt das Bild behutsam ab.

Vor zwei Wochen war ihr letzter Arbeitstag, ein Tag voller Wut und Enttäuschung. Vielleicht hätte sie nicht mit den Kleinen schimpfen sollen, sie benahmen sich ja bloß, wie sich Kinder im Spielzeugladen halt verhalten: aufgeregt, laut, begeistert. Doch Rita ertrug das Geschrei an jenem Morgen nicht, ihre Nerven lagen blank.

»Haben Sie Ihre Blagen eigentlich überhaupt nicht im Griff?«, fuhr sie die untersetzte Frau an, die manchmal mit ihrem Mann herkam.

Diese ließ sich die Beleidigung nicht gefallen, es kam zu einer gehässigen Keiferei, in deren Verlauf Rita der Dicken vorwarf, eine lausige Mutter zu sein, worauf diese erbost schrie, ob sie, Rita, denn überhaupt Kinder habe und wisse, wovon sie spreche. Ein wunder Punkt, Rita sah rot, und schon rutschte ihr etwas raus, das sie eigentlich für sich hatte behalten wollen.

Seit einigen Minuten wandert das Licht einer Taschenlampe durch den dritten Stock des gegenüberliegenden Gebäudes. Die Person kann sie nicht erkennen. Ein Einbrecher? Es ist ihr egal. Unten auf der Straße lärmen Jugendliche. Susanne hat nichts geahnt, sie hat ihm blind vertraut. Bis es ihr diese dämliche Verkäuferin im Spielzeugladen während eines lächerlichen Streits an den Kopf geworfen hat. Heute Abend hat er die Kinder mitgenommen, damit sie seine neue Freundin kennenlernen. Und sie allein zurückgelassen, verlassen für immer. Wahrscheinlich freuen sie sich jetzt gerade gemeinsam auf das ungeborene Geschwisterchen, die Kerzen flackern am Baum, Geschenke darunter, Weihnachtslieder werden gesungen. Womöglich gibt es auch Fischstäbchen, die die Kleinen so gern mögen, und Vanilleeis mit heißen Beeren zum Nachtisch. Susanne wehrt sich gegen die Tränen.

Sie haben im Laden gegenüber Spielzeug gekauft, zusammen, ganz unverhohlen, sie und er, diese garstige Verkäuferin hat es ihr unter die Nase gerieben.

Der Wind, der an ihren Haaren zerrt, ist eiskalt. Susanne fröstelt und schlägt den Kragen ihres Mantels hoch. Dann steht sie auf und schnippt die Verpackung des Schokoriegels weg. Sie sieht ihr zu, wie sie in die Tiefe schwebt, mit abgehackten Bewegungen um sich selbst wirbelt, bis sie sanft auf den Pflastersteinen der Einkaufsstraße landet. Ein Mädchen der Gruppe bemerkt den Papierfetzen, geht zu ihm und hebt ganz unerwartet den Kopf.

Die Handtasche ist bis obenhin vollgestopft mit Banknoten, und Rita muss achtgeben, damit sie nicht rausrutschen, während sie die Treppe hinuntereilt. Als sie durch den Laden dem Eingang zustrebt, hört sie die Sirene. Kurz darauf bremst der erste Wagen direkt vor dem Spielzeugladen, ein zweiter stellt sich quer zu ihm. Ritas Herz setzt einen Schlag aus. Hat sie womöglich einen Alarm ausgelöst? Hat sie jemand beobachtet? Die Beamten springen aus den Wagen, bellen kurze Befehle in ihre Funkgeräte, einer telefoniert. Rita sinkt auf die Knie, alle Kraft hat sie verlassen. Wie werden ihre ehemaligen Kolleginnen über sie lachen. Und erst der Chef! Aus der Traum vom Urlaub am Strand, von der neuen Küchenmaschine und dem gewagten Kleid aus der Boutique weiter vorn. Es dauert einen Moment, bis sie bemerkt, dass die Polizisten sich nicht für sie interessieren. Vielmehr blicken sie angespannt zur Bank gegenüber, dem höchsten Gebäude der Stadt.

Langsam erhebt sie sich und geht auf den Ausgang zu. Nur nichts anmerken lassen, sagt sie sich immer wieder, nur nichts anmerken lassen. Schon hat sie eine Ausrede bereit, eine vergessene Brille im Sekretariat, doch als sie ins Freie tritt, haben sich bereits die ersten Gaffer versammelt und legen den Kopf in den Nacken. Niemand bemerkt, wie Rita sich davonschleicht, ihrem Wagen entgegen.

Das Blaulicht flackert über die Wände des Spielzeugladens, spiegelt sich in den Schaufenstern. Nicht hier, denkt Susanne, nicht direkt in die Menge. Rasch tritt sie einen Schritt zurück und eilt zur Querseite des Gebäudes. Sie stellt sich an den Rand des Daches, ein tiefer Atemzug, ein Stoßgebet, wozu, weiß sie selbst nicht. Dann lässt sie sich fallen.

Die CD läuft in Endlosschleife, der Kinderchor singt erneut: »Vom Himmel hoch, da komm ich her ...«

Rita dreht sich erst um, als sie die Polizisten hinter sich gelassen hat. Sie blicken immer noch nach oben, aber jetzt zur Seite des Gebäudes. Direkt über ihr. Jemand schreit auf, und als Rita den Kopf hochreißt, erkennt sie gerade noch den dunklen Schatten, der in rasendem Tempo auf sie zustürzt.

Elke Pistor

Joshua

Am Tisch ist es still geworden. Messer und Gabel liegen, wie es sich gehört, leicht gekreuzt übereinander. Nach all dem Klappern, Reden, Stühlerücken eine wahre Wohltat. Vor dem Fenster fällt der Schnee. Wie ein Schleier sinken die Flocken, dick und dicht. Immer noch. Ohne Pause. Winzige unscheinbare Eiskristalle, zu Hunderten ineinander verhakt und verkeilt zu reiner Schönheit. In den Nachrichten hatten sie den Schnee vorausgesagt, aber ich hatte nicht gewusst, ob ich ihnen glauben konnte. Hatte mich nicht darauf verlassen wollen. Dass es nun so gekommen ist, erleichtert mich und macht es einfacher. Meine Stimmung ist gelöst. Ich fühle mich heiter. Auch wenn ich dieses Wort noch nie mochte, trifft es meine Stimmung in diesem Augenblick doch genau.

»Heiter«, murmele ich und spüre, wie sich ein Lachen aus meinem Bauch durch die Kehle hinauf auf meine Lippen stiehlt und seine Wärme sich über die Haut meines Halses und meiner Brust bis in mein Herz hinein ausbreitet. Fühlt sich so das Glück an? Ich spüre die dunkle Stille vor dem Fenster. Sie erdet mich und gibt mir Sicherheit. Frieden auf Erden. Frieden in meiner Welt. Und über allem die leise Musik der Weihnacht. Glöckchen. Klingen. Süß.

Die Serviette auf den Oberschenkeln, sitzt mein Schwiegervater ruhig da. Die Krawatte am Kragen des weißen Hemdes gelockert. Ein Zeichen dafür, dass es nun familiär wird, dass die Etikette nicht mehr ganz so streng überwacht wird. Ein seltener Anblick, der sich nur wenigen bietet.

Niemandem Offizielles. Niemandem aus seiner Firma, seiner Vorstandsetage. Er ist immer korrekt. Pünktlich. Die Strenge der Hierarchie reicht weit über die Grenzen seines Geschäftsuniversums hinaus. Er nimmt sie mit, wenn er nach Hause geht. Zu seiner Frau und früher, als Michael und seine Schwester Kerstin noch klein waren, auch zu den Kindern. Michael hat mir einmal erzählt, dass sie beim Abendessen schweigen mussten, bis der Vater sie ansprach. Den Blick auf den Teller gesenkt, erst antworten, wenn sie gefragt wurden. Konkrete Antworten auf konkrete Fragen. Die Schule. Die Leistung. Keine Frage nach den Freunden. Niemals. Das war nichts, was zählte. Nichts, was wichtig war.

Er wollte es anders machen, hatte Michael gesagt an einem unserer ersten Tage, die wir gemeinsam verbrachten. Ununterbrochen. Konnten nicht voneinander lassen. Blieben im Bett für Stunden, aßen, tranken, liebten uns. Zeit spielte keine Rolle. Wir entdeckten uns. Unsere Körper, unsere Gedanken. Unsere Vorstellungen von der Welt, wie sie sein würde, wenn es unsere wäre. Später, sagte Michael, wenn er einmal Kinder haben würde. Alles anders. Mehr Liebe. Mehr Herz. Mehr von all dem, das einem Kind das Gefühl gibt, geliebt zu werden.

Mein Schwiegervater trägt ein Lächeln auf den Lippen. Als würde er sich gleich erheben, zu Margret, seiner Frau, der Mutter meines Mannes, meiner Schwiegermutter, gehen, ihr einen Kuss auf die blasse Wange hauchen und ihr »Fröhliche Weihnachten!« wünschen, sie an den Schultern umfassen und leicht drücken wollen. Mit liebevoller Geste, von der jeder der hier im Raum Anwesenden weiß, dass sie eine Farce ist, ein Schauspiel. Eine Art, etwas nicht mehr Vorhandenes vorzutäuschen, etwas, das nur noch als leere Hülle existiert. Vierzig Jahre sind die beiden verheiratet. Eine lange Zeit, um einander Verletzungen zuzufügen, Demütigungen. Eskalierende Missverständnisse. Wenn in jedem Satz ein Vorwurf mitschwingt. Wenn es nie nur noch um Alltägliches geht, sondern immer um die Mankos des anderen. Worte wie Messer. Schneidend. Trennend.

Margret hat es ausgehalten. Ertragen all die Jahre. Michaels und seiner Schwester Kerstins wegen, wie sie einmal sagte, als Kerstin ihr im Streit ihr weggeworfenes Leben vorhielt wie einen Spiegel. Margret schimpfte Kerstin undankbar. Michael hat es mir erzählt. Zu Beginn unserer Ehe. Wie es war für ihn. Das Verstummen. Der schleichende Verlust ihres Lachens. Die traurigen Augen der Mutter. Die offenen Arme, die liebevolle Zuwendung für die Kinder verschüttet unter der Last des geduldeten Unglücklichseins. Die Geliebte des Vaters ein offenes Geheimnis. Was für ein Klischee, hatte er gelacht mit diesem bitteren Ton, der das Lachen im Hals verkeilt und festsitzen lässt, und mir geschworen, dass wir es anders machen. Dass er es anders macht. Ich habe ihm geglaubt.

Als die Klingel schrillt, stehe ich auf und öffne die Tür. Ein Windstoß fegt Schnee und ein paar tote Blätter aus dem Vorgarten auf die Dielen des Hausflurs. Die Flocken schmelzen auf den braunen Blättern, überziehen sie mit einer Glanzschicht und verleihen ihnen den Anschein neuen Lebens. Dabei haben sie alle Lebendigkeit dem Sommer gegeben. Nichts mehr übrig. Keine Kraft.

»Frau Wolf?« Die Polizistin lächelt mich an.

»Ja.« Ich trete einen Schritt zurück und gebe ihr den Weg ins Innere des Hauses frei. Die Holzdielen knirschen und knacken unter meinen Füßen. Sie sind alt. Mein Schwiegervater hat sich mit dem Haus einen Traum verwirklicht. Sein Refugium hat er es genannt, als er uns zum ersten

Mal eingeladen hat, ihn in den Bergen zu besuchen. Eine Stunde Fahrt von München entfernt. Ein kleines Dorf, hoch gelegen, eine Straße, nur wenige Häuser. Vom Fenster im Kaminzimmer geht der Blick auf das Bergpanorama. Wiesen im Sommer. Saftig. Mit Kühen gesprenkelt.

Die Ruhe war es, die er suchte, die Einsamkeit. Manchmal fuhr er hin. Allein, wie er sagte. Aber alle wussten, dass das nicht stimmte. Und alle schwiegen.

Weihnachten in den Bergen. Ein weiterer Wunsch meines Schwiegervaters, der uns allen zum Befehl wurde. Michael und mir. Kerstin und ihrem Mann. Kirchgang. Menü. Bescherung.

Immer wieder stahl ich mich unter einem Vorwand davon. Ging zur Hintertür hinaus, weg von dem Schein und dem Heiligen, die ich nicht ertrug. Ich lernte, welche der Dielen knarrte, welches Türscharnier quietschte. Mein Verschwinden blieb lange unbemerkt, bis Michael mich suchen kam. Vielleicht, weil meine Abwesenheit vom Tisch ihm nicht so schwer wog wie der Wille des Vaters. Wir hätten es beide merken müssen. Ich und er. Weil es dem widersprach, was er gesagt und gewollt hatte. Wir taten es nicht.

Die Polizistin bleibt auf der Schwelle stehen, dreht sich um und starrt in die Dunkelheit. Dann räuspert sie sich. »Es tut mir leid, dass wir so spät sind. Der Schnee hat uns Schwierigkeiten bereitet. Mein Kollege kommt gleich.« Sie zieht die Arme dicht an den Körper, tritt von einem Bein aufs andere. Sie friert. »Der Notarzt ist da?«, will sie wissen, obwohl sie den Rettungswagen auf dem Hof nicht übersehen haben kann.

Ich betrachte sie. Die Polizistin ist jung. Keine Falten im Gesicht. Es ist glatt und ohne Spuren. Vielleicht weiß sie es noch nicht besser, hat den Dienst an diesem Abend übernommen, weil sie die ist, die sie ist. Alleinstehend. Keine Kinder, die unter dem Weihnachtsbaum auf die Mutter warten. Niemand, der mit ihr eine stille Nacht besingen will.

Der Wunsch wuchs langsam, und wir hegten ihn. Zunächst im Verborgenen. Weil wir es uns selbst nicht eingestanden, dass es wahr sein könnte. Dass es nun der richtige Zeitpunkt war. Der richtige Gefährte. Das richtige Leben. Jetzt. Nicht später oder unbestimmt irgendwann in einer Zukunft, die man vage in Betracht zog. Als mögliche Option unter vielen. Wir fühlten uns mutig. Erwachsen. Zuversichtlich. Wir planten es, wie wir unser Studium und unsere Karrieren geplant hatten. Bereiteten vor, überlegten, wägten Vor- und Nachteile von Details ab, die uns wichtig erschienen. Einen Namen für das Kind. Unser Kind.

Es dauerte viele Monate, bis wir verstanden, dass es sich unserem Plan widersetzte. Wir fanden Ausreden und Trost in unserer Jugend. In unserem unsteten Lebenswandel, in den vielen beruflichen Reisen. Und warteten. Hofften im Stillen, ohne uns die Hoffnung zu sehr nach außen anmerken und den anderen die Enttäuschung spüren zu lassen.

»Der Notarzt ist bei ihnen. Seit zehn Minuten. Er hatte auch Schwierigkeiten wegen des Schnees.«

»Haben Sie ihn angerufen?«

»Ich habe die 112 gewählt.«

Sie nickt.

Ein Mann schält sich aus dem Dunkel. Die Knöpfe seiner Uniform glänzen im Widerschein der Flurlampe wie die Lichterketten der Nachbarn auf ihren Buchsbäumen. Er schüttelt sich die Kälte aus den Kleidern, dann streckt er mir die Hand entgegen. »Marcus Borck, guten Abend.«

»Kommen Sie rein.«

»Was ist passiert?«

Seine Stimme ist erstaunlich tief für einen Mann seines Alters. Ich schätze ihn auf höchstens dreißig. So alt wie Michael letzte Weihnachten geworden ist. Ein Christkind. Er war drei Jahre älter als ich. Alter Mann, so habe ich ihn genannt, und er hat mich und mein Lachen durch die Wohnung gejagt, bis er mich eingefangen hat und wir zusammen auf das Bett sanken und uns liebten. Zärtlich. Wild. Ungestüm. Immer wieder anders, aber immer mit Liebe. Bis es sich änderte. Auch das nur langsam und unmerklich in kleinen Schritten, die mehr schlichen als gingen. Die einen erst aufmerken lassen, dass das Ende erreicht ist, wenn man angekommen ist. Wir wollten diesen Weg nicht gehen. Er führte uns voneinander weg. Machte uns zu reinen Erfüllern des Wunsches, den wir wie auf einem silbernen Tablett vor uns her trugen. Ein Kind. Wir wünschten uns ein Kind. So sehr. Und je mehr der Wunsch uns die Erfüllung verweigerte, umso mehr drang er nach außen, zog Kreise. Kliniken, Ärzte, Therapien. Vergeblich. Kerstins Bauch schwoll an. Ich hasste sie, weil sie Michael zum Onkel machte, während ich es ihm unmöglich machte, Vater zu sein. Es war mein Körper, der versagte. Nicht seiner. Ich ertrug die Blicke meiner Schwiegermutter. Mitleidig. Vorwurfsvoll. Blicke, die mir klarmachten, was ich ihr und ihrem Sohn antat. Manchmal behutsam vortastende Fragen, Ratschläge. Gut gemeinte Sätze wie Schläge in die offen schwärende Wunde. Lasset die Kindlein zu mir kommen.

Michael zog sich zurück. Schritt für Schritt. Wollte sich nicht mehr dem Zwang der Zeugung unterordnen. Nicht mehr nach der einen Idee sein Leben ausrichten, alle Pläne, Reisen, Termine. Aber je mehr er auswich, sich weigerte, umso mehr folgte ich ihm. Umso mehr wuchs mein Wunsch nach einem Kind. Die Ursache unserer Probleme war zugleich die Lösung. Er musste es doch erkennen. Ich ließ ihn nicht los. Drängte ihn. Hatte Angst vor dem endgültigen Zerplatzen meines Traumes. Ich schrie. Ich weinte. Ich verstummte. Dachte nach, suchte nach Möglichkeiten, bis es keine mehr gab.

Michael ist nun seit einem halben Jahr tot.

»Wir haben Pilze gegessen.« Ich schwanke gerade so viel, dass die Hand des Beamten nach oben zuckt, um mich zu stützen, aber im letzten Moment in der Bewegung erstarrt.

»Alle?« Statt seiner fasst die Polizistin meinen Unterarm und führt mich in die Küche.

»Nein.« Ich schüttelte den Kopf. »Ich vertrage keine Pilze. Mein Schwiegervater hatte extra für mich etwas anderes gekocht.«

»Ihr Schwiegervater?«

»So machen wir es immer. Jeder steuert einen Teil zum Weihnachtsessen bei. Ich in diesem Jahr das Dessert.«

»Und Ihr Schwiegervater?«

»Meine Schwiegereltern das Hauptgericht und Ellen —«

»Wer ist Ellen?«

Ich ziehe einen Stuhl zu mir heran und setze mich. Schwindel kriecht durch meinen Nacken und lässt kleine Funken vor meinen Augen tanzen. Ellen.

Ellen.

Ich wollte das Ende nicht wahrhaben, verleugnete es vor mir und anderen, solange es ging. Packte den Schmerz in einen Kokon, in dem er sich verpuppen und zu etwas entwickeln konnte, von dem ich dachte, dass ich damit würde leben können. Damit leben konnte. Bis ich ihn mit ihr sah. Arm in Arm. Sohn seines Vaters.

Ich schließe die Augen und atme tief ein.

»Frau Wolf?« Wieder fasst sie meinen Arm. »Geht es Ihnen

gut?« Sie räuspert sich. »Es tut mir leid. Wir müssen das alles fragen.«

Ich lasse ein schwaches Lächeln über meine Lippen huschen und nicke. »Danke.«

»Ellen ist eine alte Freundin meines Mannes.«

»Und Ihr Mann?«

»Ist gestorben. Im Juni.« Ich starre sie an, bis sie meinem Blick ausweicht.

Marcus Borck steht im Türrahmen. »Bitte schildern Sie mir genau, was passiert ist, Frau Wolf.«

Ich lege meine Hände vor mich auf den Küchentisch. Die glatte Oberfläche des Holzes gibt die Wärme meiner Haut an die Fingerspitzen zurück. Langsam streiche ich über die Fasern.

Marcus Borck schlendert durch die Küche und nimmt mir gegenüber Platz. Auf Michaels Stuhl. Sein Gesicht unter der Lampe. Warm. Weich. Seine Augen grau wie alte Felsen.

Als ich zu sprechen beginne, fühlt es sich an, als ob ich unter Wasser zu atmen versuche. »Mein Mann ist vor sechs Monaten bei einem Autounfall ums Leben gekommen.« Meine Hände halten in ihrer Bewegung inne. »Ein Marder hatte die Bremsleitung angefressen.« Ich beiße auf meine Unterlippe. Der Schmerz treibt Tränen in meine Augen. Ich spüre, wie eine sich löst und langsam meine Wange hinunterläuft.

»Heute wollten wir alle gemeinsam an ihn denken. Meine Schwiegereltern, seine Schwester Kerstin und ihr Mann und Ellen. Kerstin hat es nicht geschafft zu kommen. Ihre Tochter ist krank geworden, sie mussten absagen, weil es zu anstrengend für ein fieberndes Kind gewesen wäre.« Ich sehe in die Felsenaugen. Er hört mir zu, mustert mich und gibt mir das Gefühl uneingeschränkter Aufmerksamkeit. Anders als Michael. Ganz anders.

»Ich war im Bad. Länger. Michael fehlte so sehr.« Meine Mundwinkel zucken kurz. Der Kugelschreiber kratzt über das dünne Papier seines Notizblocks. »Als ich ins Wohnzimmer trat, saßen sie da.« Ich ringe nach Luft. Die Erinnerung an Ellens vorwurfsvoll ins Leere gerichtete Augen. Die Bilder werden mich lange nicht loslassen.
»Sie haben das Tablett fallen lassen?« Die Polizistin lehnt am Kühlschrank. Jetzt stößt sie sich ab und kommt auf mich zu. »Frau Wolf?«
»Ja?« Ich zucke zusammen. »Richtig, ich soll Ihnen ja erzählen, was …« Ich stehe auf, gehe zum Küchenschrank und nehme mir ein Glas heraus. »Mein Schwiegervater war immer so stolz auf seine selbst gesammelten Pilze. Er wollte es seinen Enkeln beibringen, hat er immer gesagt. Seinen Enkeln.« Wieder schießen mir die Tränen in die Augen. Marcus Borck hört zu. »Wissen Sie, Michael und ich – wir hatten keine Kinder.« Ich gehe zur Spüle und drehe den Wasserhahn auf. »Es klappte nicht.« Ich wende mich um und suche das Grau. Er lächelt zaghaft.

»Wegen mir«, flüstere ich leise, nehme einen Schluck und stelle das Glas ab. »Und ich wollte so sehr …!« Ich verschlucke mein Schluchzen. Es fällt mir schwer. »Jetzt kann er es niemandem mehr beibringen. Es ging alles so schnell.«

»Der Arzt vermutet einen giftigen Pilz in dem Ragout als Todesursache.« Die Polizistin kommt zu mir und legt mir eine Hand auf die Schulter. »Sie haben Glück, dass Sie nicht davon gegessen haben.«

Ich nicke. In das Schweigen hinein dringen die Töne der Weihnachtsmusik. Stille Nacht. Bald werden sie kommen und die Leichen abtransportieren.

»Diese Ellen«, Marcus Borck legt den Kugelschreiber neben seinen Notizblock, »in welchem Verhältnis standen Sie zu ihr?«

»Sie war eine Schulfreundin meines Mannes.«

Marcus Borck zieht eine Augenbraue hoch.

»Das ist lange vorbei. Sie waren Freunde.«

Er greift wieder nach dem Stift und sieht mich an.

»Ellen ist auch meine Freundin. Und nach Michaels Tod war ich froh, dass sie da war.« Ich setze mich wieder zu ihm an den Tisch. Am liebsten nähme ich seine Hände, so wie ich es mit Michaels Händen immer gemacht habe. Bevor das alles passiert war. »Dafür helfe ich ihr mit dem Baby.« Ich lächele ihn an. »Er ist drei Monate alt. Er schläft oben.«

»Hat Ihre Freundin einen Partner, den wir verständigen müssen?« Ich habe ihn aufgeschreckt.

»Nein. Sie ist alleinstehend.«

»Und der Vater des Babys?«

Ich zucke mit den Schultern. »Er hat sie verlassen. Sie wollte nie darüber reden.«

»Sollen wir Sie nach Hause bringen? Hier können Sie leider nicht bleiben.« Die Polizistin wieder. Besorgt. Mütterlich. Ihre Zuwendung tut mir gut. »Kennen Sie Verwandte Ihrer Freundin, die sich um das Baby kümmern können?«

»Nein.« Ich schüttelte den Kopf. »Da ist niemand. Aber ich nehme den Kleinen mit zu mir. Er kennt mich. Ich bin wie eine Tante für ihn.«

Sie steht auf und folgt mir, als ich die Treppen hinauf zu dem Gästezimmer gehe. Ich lege den Finger auf die Lippen und bitte sie mit stummer Geste, auf dem Flur zu warten.

Das Baby liegt in einer Kinderwagentasche. Die Hände neben dem Kopf zu Fäusten geballt. Es schläft tief. Ich beuge mich hinunter und küsse es sanft auf die Stirn. Seine Haut so weich. Ich sauge seinen Geruch nach Creme und Milch und kleinem Menschen auf, inhaliere tief, speichere ihn in jeder meiner Körperzellen. Dann gehe ich in den Flur zurück und wende mich wieder der Polizistin zu. »Oder müssen Sie ihn an ein Jugendamt ...?« Ich lasse den Satz unvollendet. Schaue sie an. Atemlos für einen Augenblick.

Sie schüttelt den Kopf. »Nein. Geben Sie mir Ihre Adresse und Ihre Telefonnummer, Frau Wolf, damit wir Sie erreichen können. Eine Mitarbeiterin vom Jugendamt wird sich bei Ihnen melden. Aber bis alles geklärt ist, kann er bei Ihnen bleiben.« Ich nicke, packe Windeln, Strampler und Babynahrung in eine große Sporttasche, die neben dem schlafenden Kind steht. Das wird reichen, bis ich mich um neue Sachen kümmern kann. In der Küche nehme ich einen Zettel, schreibe meine Adresse und meine beiden Telefonnummern auf und überlasse das Haus der Spurensicherung. Die beiden Polizisten helfen mir, die Sachen zu meinem Auto zu tragen, das etwas abseits steht.

Der Neuschnee hat all meine Spuren zugedeckt, die von hier zur Rückseite des Hauses führten. Darüber muss ich mir keine Gedanken mehr machen. Auch nicht über das, was die Leute der Spurensicherung und später auch die Ermittler herausfinden werden. Dass die Hintertür aufgebrochen wurde. Dass es kein Extraessen für mich gab. Weil ich zu diesem Weihnachtsessen nicht eingeladen war. Kein Platz in dieser Herberge für mich. Weil ich nicht mehr Michaels Frau bin.

»Jetzt gibt es nur noch uns beide.« Meine Stimme ist ein Flüstern in der Stille des Wagens. Ich drehe mich zu dem Kleinen um und lächele ihn an. An Ellen erinnert nichts in seinen Zügen, aber er hat Michaels Augen. Mit der rechten Hand greife ich in meine Tasche und berühre die beiden neuen Pässe. Einen für mich und einen für ihn. Mit neuen Namen. Mutter und Sohn. Ich ziehe die Decke über seine Schultern und stecke sie fest.

»Irgendwann werde ich dir beibringen, wie man Pilze sammelt. Und Autos repariert. Das kann ich nämlich gut, mein kleiner Niklas.« Ich verstumme. Nein, der Name ist Vergangenheit. Er hatte mir schon nicht gefallen, als ich die Geburtsanzeige in der Zeitung las. »Es ist Weihnachten, kleiner Joshua«, flüstere ich und starte den Motor. Ja, Joshua ist ein guter Name.

Die Herausgeber

Erich Weidinger
pädagogische Ausbildung zum Erzieher. Wechsel in den Buchhandel, parallel als Autor tätig. Publikationen: Sechs Bücher zur österreichischen Sagenwelt, Kinderbilderbuch »Moritz und der Dirigent«, Hg. Jugendkrimianthologie »Schneller als die Angst« (Obelisk Verlag), etliche Kurzkrimis in diversen Anthologien, Ko-Herausgeber der Anthologien »Mords-Zillertal«, »Mords-Bescherung«, »Mords-Wasserkraft«. Im Sommer 2014 wurde seine mit Beate Maxian verfasste Krimikomödie »Nachbarleider« im österreichischen Salzkammergut uraufgeführt.
www.erich-weidinger.at

Jeff Maxian
arbeitet im Bereich Medien- und Kulturmarketing und ist Gesangssolist im Bereich Jazz/Rock/Crossover. Als legendärer Tourneeproduzent und Konzertagent hatte er lange Zeit mit den internationalen Größen des Showbusiness zu tun und gestaltete bzw. produzierte Live-Events und Tourneen, unter anderem mit Falco. Ko-Herausgeber der Anthologien »Mords-Zillertal«, »Mords-Bescherung«, »Mords-Wasserkraft«.
www.jeffmaxian.com

Die Autorinnen und Autoren

Lena Avanzini
lebt als Musikerin und Autorin in der Nähe von Innsbruck, liebt Reisen in ferne Länder, grünen Tee zu selbst gebackenem Marillenkuchen und spannende Krimis mit drei bis

sieben Leichen. Letztere schreibt sie auch. Ihr Krimidebüt »Tod in Innsbruck« wurde 2012 mit dem Friedrich-Glauser-Preis der Sparte Debüt ausgezeichnet. Weiters erschienen im Emons Verlag »Tirolertod« und »Tirolerwut«. Neben ihrem Kinderbuch »Hugo, streck die Fühler aus« ist sie mit einer Kurzgeschichte in »Schneller als die Angst« vertreten (beides Obelisk Verlag).
www.lena-avanzini.at

Petra Busch
geboren 1967, verdient das Futter für ihre Katzen als Kriminalschriftstellerin, Texterin und Dozentin für internationale Kunden aus Wissenschaft, Technik und Kultur. Sie studierte Mathematik, Informatik, Literatur- und Musikwissenschaften und promovierte in Mediävistik. Ihre Arbeiten wurden mehrfach ausgezeichnet. Für ihr Debüt »Schweig still, mein Kind« erhielt sie den Friedrich-Glauser-Preis 2011. Es folgten »Mein wirst du bleiben«, »Zeig mir den Tod«, »Das Lächeln des Bösen« (Droemer Knaur).
www.petra-busch.de

Herbert Dutzler
geboren 1958, aufgewachsen in Schwanenstadt und Bad Aussee, lebt als Krimiautor, Lehrer und Lehrer-/-innenbildner in Schwanenstadt. Bisher erschienen bei Haymon die Fälle des Altausseer Polizisten Gasperlmaier: »Letzter Kirtag« (2011), »Letzter Gipfel« (2012), »Letzte Bootsfahrt« (2013) und »Letzter Saibling« (2014). Etliche Geschichten in diversen Anthologien (z.B. in »Mords-Bescherung«, Emons Verlag 2012).
dutzler.wordpress.com

Elisabeth Florin
wuchs in Süddeutschland auf und verbrachte als Jugendliche viel Zeit in Meran. Ihre journalistische Laufbahn begann sie im nahen Bozen bei der Radiotelevisione Italiana (RAI), seither hat sie Meran nicht mehr losgelassen. Elisabeth Florin arbeitet seit zwanzig Jahren als Autorin, Finanzjournalistin und Kommunikationsexpertin für Banken und Fondsgesellschaften in Frankfurt. Sie lebt mit ihrer Familie im Taunus. Im Emons Verlag erschienen »Commissario Pavarotti trifft keinen Ton« und »Commissario Pavarotti küsst im Schlaf«.
www.elisabethflorin.de

Nicola Förg
hat mittlerweile fünfzehn Kriminalromane verfasst und an zahlreichen Anthologien mitgewirkt. Sie ist eine der beliebtesten und auflagenstärksten Krimiladys im deutschsprachigen Bereich. Zwei Krimiserien spielen im Voralpenland und an alpinen Tatorten, die der Bestseller-Autorin auch als Reise- und Skijournalistin wohlbekannt sind. Nicola Förg ist die Erfinderin des Allgäu- Krimis, »Schussfahrt« begründet den Ruf als kriminell gute Region. Kult-Kommissar Georg Weinzirl ermittelt im Allgäu und im Pfaffenwinkel. Nicola Förgs zweite Krimiserie hält für das sympathische Kommissarinnen-Duo Irmi Mangold und Kathi Reindl bereits zum sechsten Mal knifflige Fälle parat. Die gebürtige Oberallgäuerin, die in München Germanistik und Geografie studiert hat, lebt mit Familie sowie Ponys und diversen Kaninchen und Katzen auf einem Hof in Prem. In jenem südwestlichen Eck Oberbayerns, wo man schon heftig mit dem Allgäu flirtet.
www.ponyhof-prem.de

René Freund
geboren 1967, lebt als Autor und Übersetzer in Grünau im Almtal. Er studierte Philosophie, Theaterwissenschaften und Völkerkunde, war 1988 bis 1990 Dramaturg am Theater in der Josefstadt. Bücher (u.a.): »Stadt, Land und danke für das Boot« (Realsatiren, 2002), »Wechselwirkungen« (Roman, 2004), »Liebe unter Fischen« (2013 – übersetzt in mehrere Sprachen) und seine Familiengeschichte »Mein Vater, der Deserteur« (2014).
www.renefreund.net

Michael Gerwien
geboren 1957 in Biberach a. d. Riß, aufgewachsen in Mittenwald bei Garmisch-Partenkirchen, lebt seit 1972 in München. Er hat Germanistik studiert, war lange Jahre beim Fernsehen tätig und ist heute Autor und Musiker. Seine Lesungen begleitet er selbst mit Musik. Seine liebsten Hobbys sind Schwimmen, Radfahren, Skifahren, Bergwandern, Kochen, Essen und bayerische Biergärten. Inzwischen sind sieben Krimis rund um den Münchener Exkommissar Max Raintaler beim Gmeiner Verlag erschienen. Zuletzt »Andechser Tod«. Beteiligung an mehreren Anthologien.
www.mgerwien.de

Veronika A. Grager
wurde in Wien geboren, lebt aber seit vielen Jahren in einem kleinen Dorf in Niederösterreich, wo sie auch ihre Krimis ansiedelt. Hier, inmitten von friedlichen Wiesen, Feldern und Wäldern, ist die Welt noch in Ordnung. Grund genug, ein paar Leichen in die Gegend zu werfen. Zuletzt bei Emons erschienen: »Saupech« und »Sautanz«.
www.grager.at

Harry Kämmerer
geboren 1967, aufgewachsen in Passau, lebt mit seiner Familie in München. Verlagsredakteur mit Herz für Musik, Literatur und Kabarett. Verfasser einer Dissertation zum Thema »Satire im 18. Jahrhundert« und der kultigen Krimis »Isartod«, »Die schöne Münchnerin«, »Heiligenblut« und zuletzt »Pressing«.

Manfred Koch
wurde 1950 in Graz geboren und lebt seit 1971 in Salzburg. 1967 infizierte er sich mit dem Satire-Virus und begann, fürs Kabarett zu schreiben. Seither kann er es nicht lassen, der Zeit seinen literarisch-kritischen Spiegel vors Gesicht zu halten. Unter anderem in Texten fürs (von ihm 1989 mitgegründeten und 1995 mit dem Salzburger Stier ausgezeichneten) Salzburger Affronttheater, in Theaterstücken, Hörspielen und TV-Drehbüchern und seit 1984 in den »Salzburger Nachrichten« – ab 1995 in seiner allwöchentlichen Kolumne »EINGEKOCHT«. Und weil das Leben nicht nur zum Lachen ist, schrieb und schreibt Koch auch noch für die Werbung sowie Erzählungen und Romane. Zuletzt erschien »Kaltfront« im Molden Verlag, wofür er für den Friedrich-Glauser-Preis 2014 nominiert wurde.
www.manfredkoch.at

Tatjana Kruse
Jahrgang 1960, lebt und arbeitet als Krimiautorin in Schwäbisch Hall. Sie ist Mitglied im Syndikat. Der fünfte Band ihrer erfolgreichen Serie rund um Kommissar a.D. Siegfried Seifferheld (Knaur Taschenbuch) erschien wie auch der rabenschwarze Alpenkrimi »Grabt Opa aus!« (Haymon Verlag) im Jahr 2014.
www.tatjanakruse.de

Sabine Lennkh
ist promovierte Juristin und verfasst rechtswissenschaftliche Aufsätze und Fachliteratur im Bereich des internationalen Tierschutzrechts und der Tierschutzgesetzgebung (u.a. »Die Kodifikation des Tierschutzrechts – Modellvorstellungen« erschienen in der Nomos Verlagsgesellschaft; »The Animal – A Subject of Law? A Reflection on Aspects of the Austrian and German Juridical Systems« publiziert bei Springer). Kurzkrimis von ihr sind bereits in fünf Anthologien des Grafit Verlages veröffentlicht worden.

Sunil Mann
wurde als Sohn indischer Einwanderer im Berner Oberland geboren. Nach der Matura schrieb er sich in Zürich für Psychologie und Germanistik ein. Beide Studien brach er erfolgreich ab. Zurzeit ist er als Flugbegleiter tätig, ein Job, der ihm genügend Zeit zum Schreiben lässt. Für seine Kurzgeschichten hat er bereits zahlreiche Preise gewonnen. Für sein Romandebüt »Fangschuss« wurde er mit dem Zürcher Krimipreis ausgezeichnet. Seine Serie um den Privatdetektiv Vijay Kumar, dreißig Jahre alt und indischer Abstammung, erscheint im Grafit Verlag.
www.sunilmann.ch

Beate Maxian
Die österreichische Bestsellerautorin wurde 1967 in München geboren und verbrachte ihre Kindheit in Bayern, Österreich und im arabischen Raum. Lebt und arbeitet als Autorin, Moderatorin und Journalistin in Oberösterreich und Wien. Veröffentlichte bisher zwei Sachbücher, ein Kinderbuch für UNICEF, zahlreiche Kurzkrimis in diversen Anthologien, neun Kriminalromane, zuletzt den

vierten Krimi um Sarah Pauli »Der Tote vom Zentralfriedhof« (Goldmann). Sie ist Ko-Herausgeberin der Anthologie »Tatort Salzkammergut« und war Friedrich-Glauser-Preis Jury-Organisatorin in der Sparte Roman. Intendantin und Begründerin des Krimi-Literatur-Festival.at (u.a. »Mörderischer Attersee«). Im Sommer 2014 wurde die mit Erich Weidinger verfasste Krimikomödie »Nachbarleider« im österreichischen Salzkammergut uraufgeführt. Auszeichnungen: 2011 Krimistipendium Literaturhaus Wiesbaden »Trio Mortale«, 2013 nominiert für den Leo-Perutz-Preis mit »Tod hinter dem Stephansdom«.
www.maxian.at

Jutta Mehler
Jahrgang 1949, hängte frühzeitig das Jurastudium an den Nagel und zog wieder nach Niederbayern aufs Land, wo sie ihre Kindheit verbracht hatte. Seit die beiden Töchter und der Sohn erwachsen sind, schreibt Jutta Mehler Romane und Erzählungen, die vorwiegend auf authentischen Lebensgeschichten basieren. Mit »Milchbart« ist 2014 der siebte Band der Krimireihe um Fanni Rot und Kommissar Sprudel im Emons Verlag erschienen.
www.jutta-mehler.de

Harald Mini
geboren 1960, wohnt und arbeitet in seinem Hauptberuf als Richter in Linz. Schreibt juristische Fachliteratur, Satiren (über sechshundert Einzelveröffentlichungen, drei Sammelbände, zuletzt »Goldhauben für Sibirien«), Sketches, Krimis (zwei »Tatort«-Krimis für den ORF, Hörspiele, Ratekrimis für die »Presse«, drei Romane, aktuell die Thrillersatiren »Der Da-Linzi-Code« und »Innominati«,

Leykam-Verlag), ein Kinderbuch (»Der kleine freche Apfelwurm«, Heyn-Verlag) und erfindet Kinderspiele (bislang drei Veröffentlichungen).

Elke Pistor
geboren 1967, Autorin und Dozentin, lebt mit Familie, drei Katzen und zahlreichen roten Accessoires in Köln. 2010 erschien ihr erster Kriminalroman »Gemünder Blut«, dem bisher sieben weitere und zahlreiche Kurzgeschichten folgten. Im August 2014 erschien ihr Thriller »Vergessen« (Ullstein). 2011 wurde ihre Kurzgeschichte »Der Westerhever« für den NordMordAward nominiert, 2014 gewann sie das renommierte Krimistipendium Tatort Töwerland. Nach 2012 wurde sie 2014 zum zweiten Mal in die Jury des Jacques-Berndorf-Preises berufen. 2012 gehörte sie der Jury zum Friedrich-Glauser-Preis in der Sparte Debüt an. Seit 2014 ist sie Sprecherin des Syndikats.
www.elkepistor.de

Robert Preis
wurde 1972 in Graz geboren und ist dort aufgewachsen. Nach dem Studium in Wien und einem längeren Auslandsaufenthalt in Kroatien lebt er heute mit seiner Familie wieder in der Nähe seiner Heimatstadt. Er arbeitet als Journalist bei einer Tageszeitung und hat zahlreiche Sachbücher und Romane geschrieben. Zuletzt bei Emons erschienen: »Graz im Dunkeln« und »Die Geister von Graz«.
www.robertpreis.com

Volker Raus
geboren 1946 in Linz/Österreich. Studium der Erziehungswissenschaften und Geschichte. Abteilungsleiter beim ORF

Oberösterreich. Über fünfzig TV-Dokumentationen, Moderator von mehr als tausend Rundfunksendungen. Ab 1990 selbstständiger Filmemacher, Journalist und Autor. Zahlreiche Auszeichnungen, darunter der Dr.-Ernst-Koref-Literaturförderungspreis der Stadt Linz, Filmpreis beim New York Film Festival, Kulturmedaille des Landes Oberösterreich. Seine letzten Romane: »Freigang« und »Übertötung« (2014).
www.volkerraus.at

Sophia Scheer
hat als Juristin in aller Welt Verhandlungen geführt und arbeitet als Managementtrainerin, Kabarettistin und Autorin. Zwei ihrer historischen Romane erschienen unter dem Pseudonym Sophia Farago. In ihren Krimis rückt sie als begeisterte Linzerin ihre Heimat Oberösterreich in den Mittelpunkt. Bei Emons erschienen: »Alles Tote kommt von oben«.
www.sophias-romane.at

Ernst Schmid
geboren 1958 in Jenbach/Tirol. Kindheit und Jugend in Schärding. Hauptschullehrer. Wohnsitz Linz. Zahlreiche Gedichtbände und Kriminalromane, zuletzt »Im Himmelreich ist der Teufel los« (2012). Im Frühjahr 2014 erschienen »Denk ermittelt in Linz« beim Gmeiner Verlag und »Das Himmelreich geht in die Luft« beim Kehrwasser Verlag. Schreibt seit 2009 regelmäßig Rätselkrimis für »Die Presse am Sonntag«. Beteiligung an mehreren Anthologien (z.B. an »Mords-Bescherung«, Emons Verlag 2012, »Schneller als die Angst«, Obelisk Verlag 2013).
www.ernstschmid.at

Jutta Siorpaes
wurde in Weißenburg/Bayern geboren. Studium der Geschichte an der Universität Innsbruck, Promotion, Sprechausbildung, Drehbuchkurse in Innsbruck, Wien, Berlin. Journalistin und Texterin. Bücher im Berenkamp Verlag: »Als die Welt in Bewegung geriet« (2008), »Wo ist die Leiche?« (2010). Kurzkrimis in mehreren Anthologien: z.b. in »Mords-Bescherung«, Emons Verlag 2012, »Schneller als die Angst«, Obelisk Verlag 2013, und in der »Criminale-Anthologie«, Ars Vivendi Verlag 2014. Jutta Siorpaes lebt in Tirol.

Und ein zweites Dankeschön der Herausgeber

– dem lieben Nikolaus und dem braven Christkind
– dem inzwischen eingebürgerten (nicht überall beliebten) Weihnachtsmann
– allen weihnachtlichen Klischees
– allen weihnachtlichen Situationen, die mitunter zu Mord und Totschlag führen
– der teils unerträglichen (an vielen Orten ab September ertönenden) Weihnachtsmusik
– den fetten Weihnachtsgänsen und saftigen Braten
– den vielen Christbäumen, die alljährlich auf dem Müllhaufen enden
– den Weihnachtspäckchen, an deren Inhalt die wenigsten interessiert sind
– dem bunten Weihnachtspapier, das alle Jahre wieder den Müllberg zum Glitzern bringt
– den Weihnachtsfeiertagen, die uns weitere Kilos bescheren
– den Familienfesten, die oft einer gewissen Tragikomödie ähneln
– dem Ende des Jahres, das uns gleich auf Ostern einstimmt und uns Weihnachten für wenige Monate vergessen lässt.

Danke an alle Autorinnen und Autoren, die in diesem Spannungsfeld ihre individuellen Geschichten angesiedelt haben. Entsprechend ihrer Kreativität, ihrer Anliegen und Beobachtungen. Dementsprechend unterschiedlich sind diese Geschichten rund um »Mords-Bescherung 2« geworden.

Erich Weidinger
Jeff Maxian

Jeff Maxian, Erich Weidinger (HG.)
MORDS-BESCHERUNG
WEIHNACHTSKRIMIS AUS DEN ALPEN
Broschur, 176 Seiten
ISBN 978-3-95451-034-4

»Witzig, spannend, perfekte Vor- und Nachweihnachtsunterhaltung.« WDR 5 Mordsberatung

»Vierundzwanzig fesselnde Krimihäppchen lassen die Vorweihnachtszeit ein bisschen weniger besinnlich, dafür aber umso aufregender werden.« Kreisbote Oberallgäu

www.emons-verlag.de